THE ARMS PEDDLER

1

SAFE

JE N'EN AI PLUS POUR TRÈS LONG-TEMPS...
EST-CE QUE JE SUIS EN TRAIN DE RÊVER ?
JE VOIS UN GRAND CHARIOT NOIR QUI S'AVANCE VERS MOI...
AH OUI... C'EST LA MORT QUI VIENT ME CHERCHER...

STIGMATE 1 : LA MARCHANDE D'ARMES
JE NE SAVAIS PAS QUE LA MESSAGÈRE DE LA MORT ÉTAIT AUSSI BELLE...

IL TE SUFFIRAIT DE FERMER LES YEUX ...
POUR TROUVER ENFIN LE REPOS ÉTERNEL ...
MAIS SI JE TE DONNE UNE GORGÉE D'EAU, TU VIVRAS DANS CET ENFER ENCORE UN BON MOMENT !
QUE CHOISIS-TU ?
TU VEUX QUAND MÊME ÉTANCHER TA SOIF ?
GH...
GH...

ROLL
ガラ
YAAH !
ROLL
ガラ
ROLL
ガラ
YAAH !
BON SANG ...
ILS NOUS RATTRA-PENT !

CLANG
ROLL
QUI ÇA, MAMAN ?
CATACLOP
HA HA HA HA HA HA !
CATACLOP
CATACLOP
HA HA HA HA HA HA !!

CATACLOP
CATACLOP
CATACLOP
YAAAAH !
HIIII !
HÉ HÉ HÉ !
TCHAC
BLAM
AAAAH !!

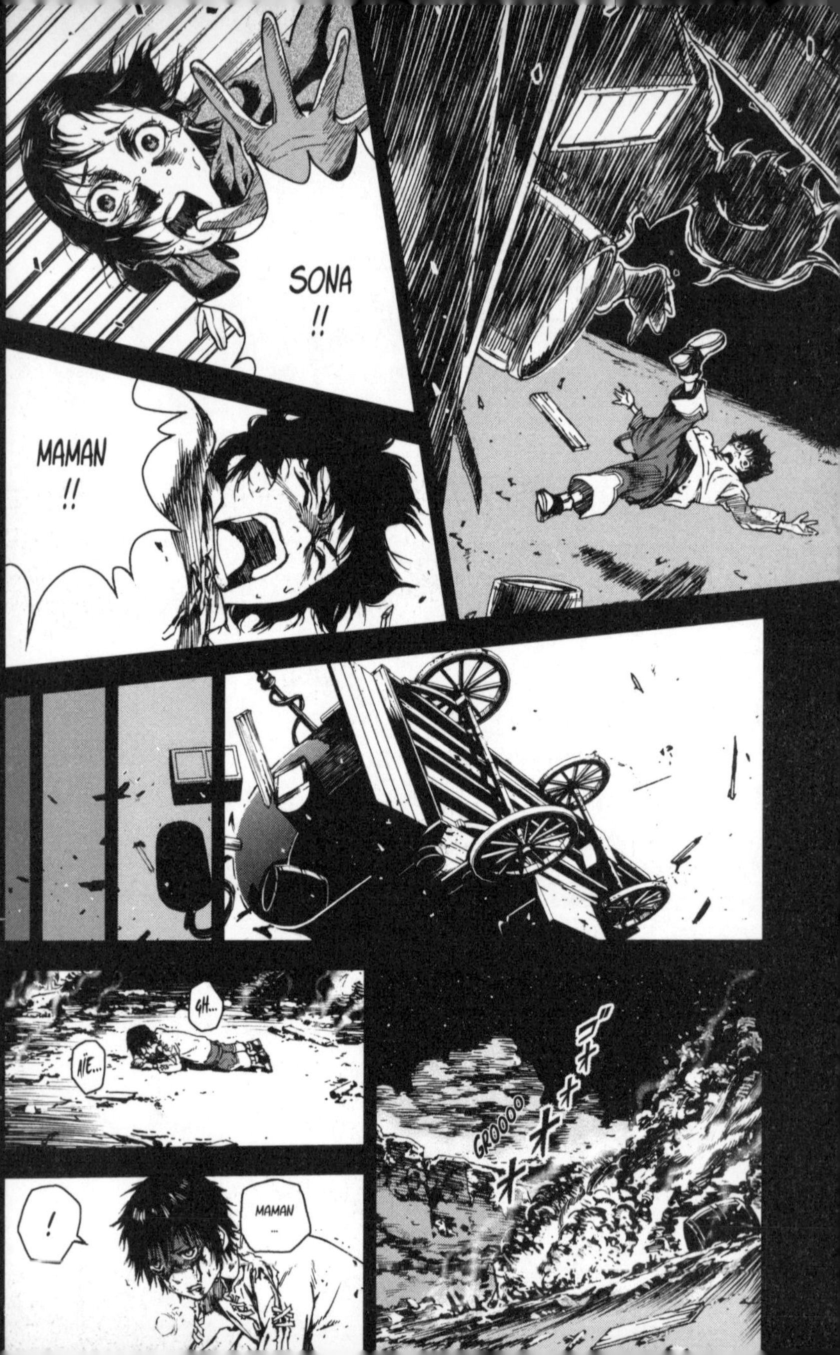
SONA !!
MAMAN !!
GROOOO
GH...
AÏE...
MAMAN ...
!

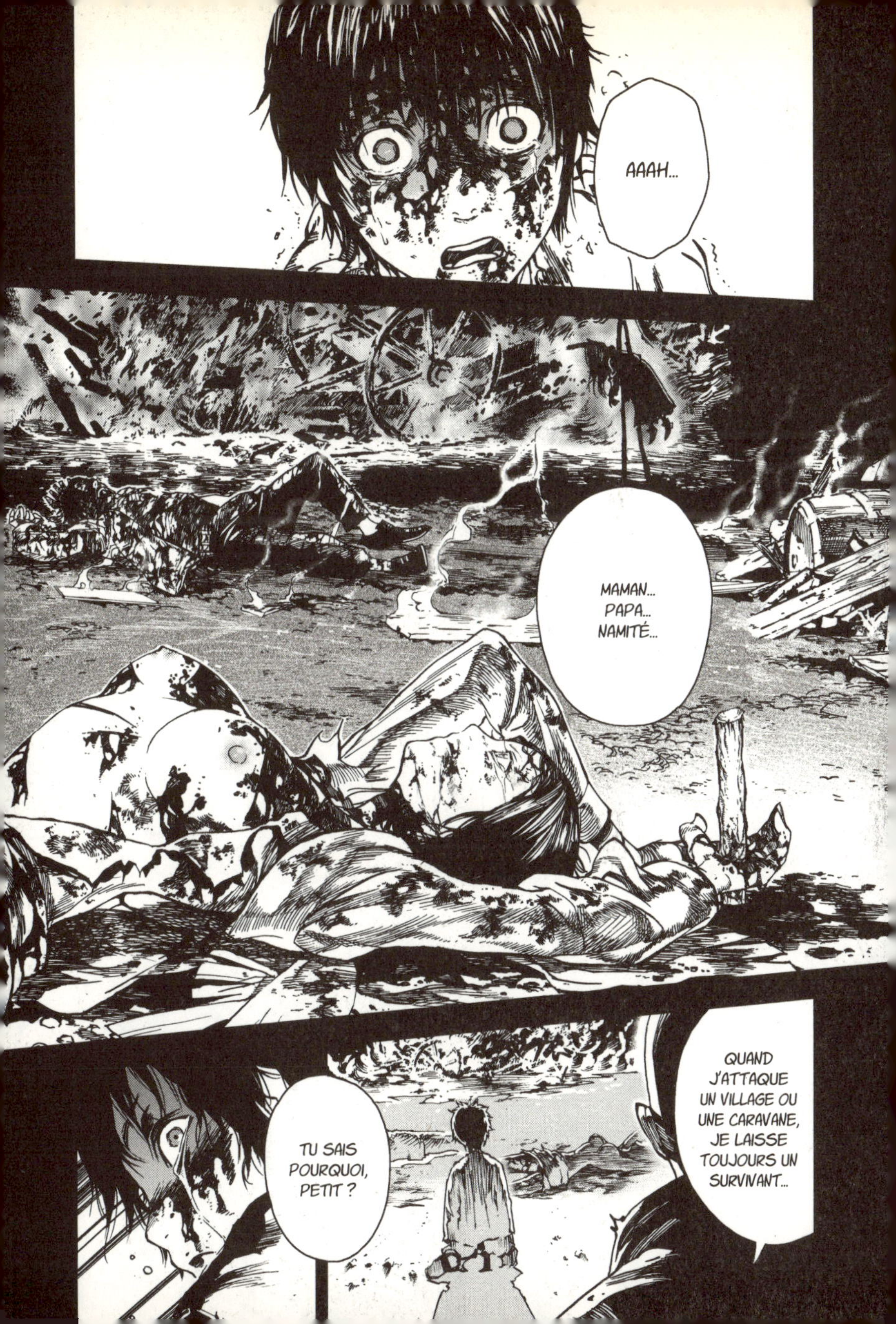
AAAH...
MAMAN... PAPA... NAMITÉ...
QUAND J'ATTAQUE UN VILLAGE OU UNE CARAVANE, JE LAISSE TOUJOURS UN SURVIVANT...
TU SAIS POURQUOI, PETIT ?

BAM
POUR QUE MA RÉPUTATION SE RÉPANDE DE PAR LE MONDE !

GH...
TAP
AAAH !!
FSHH
VOICI UN PETIT CADEAU...
PSHHHH
J'ESPÈRE QUE TU SAURAS L'APPRÉCIER !
À CHAQUE FOIS QUE TU TE SERVIRAS DE CETTE MAIN, POUR MANGER OU TE LAVER...
MA MARQUE TE RAPPELLERA ...
MON VISAGE...
ET MON NOM...

PSHHHHHH
AAAAAAH!!
HYDRA...
CATACLOP
CATACLOP
CATACLOP

CATACLOP
CATACLOP
ゴオオオオ
DOOOOOM
JE JURE...
JE JURE QUE JE...

JE LE TUERAI !!!!!
CLAC
JE...
HAN
HAN

JE SUIS TOUJOURS VIVANT...
HAN
HAN
ENFIN RÉVEILLÉ ?
ビクッ
GLOUPS
QUI ES-TU ?

GARAMI...
VOYAGEUSE ET MARCHANDE D'ARMES !
...
EUH...
MERCI DE M'AVOIR SAUVÉ...
SONA YUKI...
TU SAIS COMMENT JE M'APPELLE ?!
INUTILE DE ME REMERCIER ...
C'EST LE NOM QUI ÉTAIT BRODÉ...
SUR TES VÊTEMENTS ...
FLAP

TOC
コト
BON, LES PRÉSENTATIONS SONT FAITES, PASSONS AUX CHOSES SÉRIEUSES.
JE SUIS MARCHANDE ...
POUR TE SAUVER LA VIE, JE T'AI DONNÉ DE L'EAU ET DES MÉDICAMENTS, MAIS TU VAS DEVOIR ME PAYER...
PAYER ?
ON N'EST PAS EN TERRITOIRE HUMAIN, SUR CETTE LANDE DÉSERTIQUE ...
DANS CETTE ZONE DE NON-DROIT, CE SONT D'AUTRES LOIS QUI S'APPLIQUENT !
PAR EXEMPLE, UN MOURANT DEVIENT AUTOMATIQUEMENT LA PROPRIÉTÉ DE CELUI QUI L'A SAUVÉ...

TU COMPRENDS, PETIT ? TA VIE EST À MOI, DÉSORMAIS !
TANT QUE TU NE TE SERAS PAS ACQUITTÉ DE TA DETTE, TU M'APPARTIENDRAS !
MAIS... PAYER COMMENT ?!
JE N'AI PAS D'ARGENT !
C'EST TON CHARIOT, LÀ-BAS ?
TU ES CERTAIN QU'IL NE RESTE RIEN DE VALEUR, DEDANS ?
CHOMP
CHOMP

TAP
AAAAH !
ARRIÈRE, BANDE DE CHAROGNARDS !
FLAP
FLAP
LAISSEZ MES PARENTS TRANQUILLES !!
DRR
FLAP
HAN
HAN
JE T'AI POURTANT DIT QUE CET ENDROIT N'ÉTAIT PAS RÉGI PAR LES LOIS HUMAINES...
GRAVE ERREUR...
QUOI ?!

CE SONT DES CORBEAUX SPECTRAUX... ILS SONT NOMBREUX DANS CETTE PLAINE DE L'EST. ILS SE NOURRISSENT DES CADAVRES DES VOYAGEURS...
ILS SE RE-PAISSENT DE LEUR CHAIR ET, EN ÉCHANGE, ILS ENVOIENT LEUR ÂME DANS L'AUTRE MONDE... TU VIENS DE VIOLER UNE DE LEURS LOIS ÉLÉ-MENTAIRES !
JE M'EN FICHE PAS MAL, DE LEURS LOIS !
TAC
CETTE FEMME EST HORRIBLE !
ELLE EST AUSSI BELLE QU'INSEN-SIBLE...
TAC
TAC
TU LEUR CREUSES UNE TOMBE ? POURQUOI PAS...

SNIF...
GH...
?!
C'EST...
LE PENDENTIF DE MAMAN ?!
QUAND TU AURAS FAIT TES ADIEUX, TU MONTERAS DANS MON CHARIOT !
TU VIENS AVEC MOI... ET TU N'AS PAS LE CHOIX, PUISQUE TU M'APPARTIENS !

NON, JE N'IRAI NULLE PART !
COMMENT ?
TOUTE MA FAMILLE EST ICI ! MES PARENTS, MA GRAND-MÈRE ET MA PETITE SŒUR...
JE NE PEUX PAS PARTIR EN LES ABANDONNANT DERRIÈRE MOI !!
!
AU RISQUE DE FINIR COMME EUX, SIX PIEDS SOUS TERRE ?
...
TU AS L'AIR DÉCIDÉ... BIEN, COMME TU VOUDRAS !

SLASH
CROAAAAAA

FLAP
CROAAA
FLAP
SHHHH
CROAAA
CROAAA
QU'EST-CE QUI SE PASSE ?
CROAAA
TU N'ÉCOUTES PAS QUAND JE TE PARLE ? UNE PART DES MORTS LEUR REVIENT DE DROIT... C'EST LA LOI !

ILS SONT FURIEUX QUE TU LES AIES PRIVÉS DE LEUR NOUR-RITURE !
VROUF
VIENS...
VIENS, SONA...

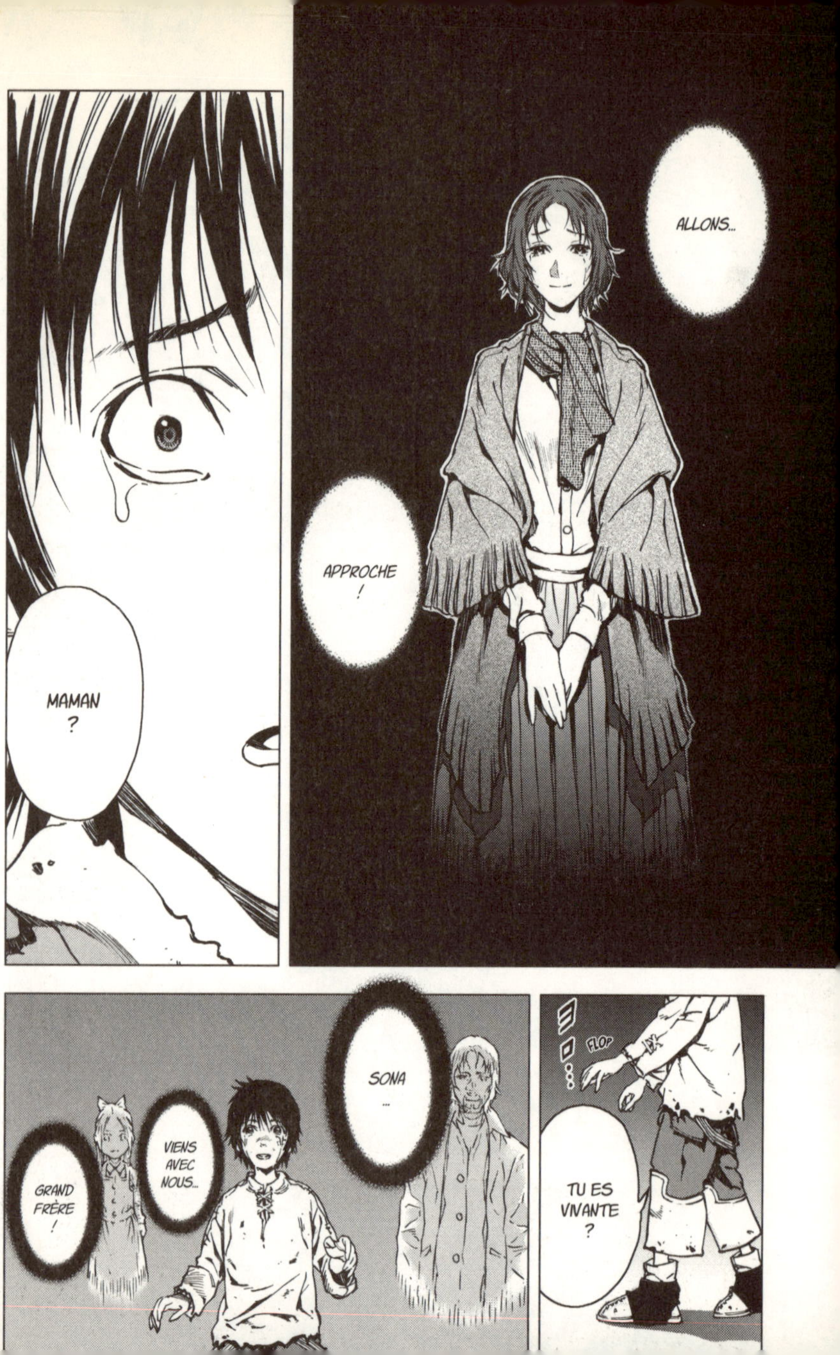
ALLONS...
APPROCHE !
MAMAN ?
FLOP
TU ES VIVANTE ?
SONA ...
VIENS AVEC NOUS...
GRAND FRÈRE !

MON TOUT PETIT ...
REJOINS-NOUS...
MAMAN...

PLOF

AAAAAAAAH !
GROAR
CROC
VIENS, SONA...
CROC
CROC
CROC
CROC
SUIS-NOUS !

PLATCH
BANG
OUAH !!
?!
ON RACONTE QUE LES CORBEAUX SPECTRAUX ACCOMPAGNENT LES ESPRITS DES DÉFUNTS, MAIS CE N'EST QU'UNE SUPERSTITION ...
ILS S'APPROPRIENT SIMPLEMENT LES SOUVENIRS DES MORTS QU'ILS ONT DÉVORÉS, AVANT DE PRENDRE LEUR APPARENCE...
POUR ATTIRER LES VIVANTS ET S'EN REPAÎTRE À LEUR TOUR !
GROOOOOO
UNE ILLUSION ...

CROAA
FLAP
FLAP
TU SAIS POURQUOI AUCUN D'ENTRE EUX NE M'AT-TAQUE ?
FLAP
PARCE QUE JE SUIS MARCHANDE D'ARMES !
FLAP
FLAP

LES OBJETS QUE JE VENDS SONT UNE TERRIBLE MENACE POUR EUX !
TAC

TU AS BESOIN DE CETTE ÉPÉE ?
J'ACCEPTE DE TE L'ÉCHANGER CONTRE LE BIJOU QUE TU AS RAMASSÉ TOUT À L'HEURE.
ELLE VAUT BIEN PLUS CHER, MAIS JE SUIS PRÊTE À FAIRE UN GESTE...
CE N'EST QU'UN FRAGMENT DE SOUVENIR !
COMME CES CADAVRES À MOITIÉ DÉVORÉS PAR LES CHAROGNARDS !
TON PENDENTIF RESSEMBLE AUX RUINES QUI PARSÈMENT CE DÉSERT ! C'EST UNE RELIQUE INSIGNIFIANTE DE TON PASSÉ !
SI TU PRÉFÈRES LE GARDER ET CREVER SUR PLACE, LIBRE À TOI !!
MAIS DANS CE CAS, CETTE BLESSURE AU FER ROUGE ET TON DÉSIR DE VENGEANCE DISPARAÎTRONT EUX AUSSI SOUS LES SABLES !!

JE TE REPOSE LA QUESTION… COMBIEN ES-TU PRÊT À PAYER POUR CETTE ARME ?
À TOI DE CHOISIR, SONA !
ET ÇA, QU'EST-CE QUE C'EST, MAMAN ?

C'EST UNE PERLE DE LA RIVIÈRE YURA MONTÉE SUR UN PENDENTIF ...
VOTRE PÈRE L'A ACHETÉ À UN COLPORTEUR IL Y A BIEN LONGTEMPS ...
IL ME L'A OFFERT LE JOUR OÙ IL M'A DEMANDÉE EN MARIAGE...
POUR MOI, IL REPRÉSENTE NOTRE FAMILLE ...
C'EST LE SYMBOLE DE NOTRE BONHEUR !

CLING
TRÈS BIEN, MARCHÉ CONCLU !
CROAAAAAA
CRR

POUR-
QUOI ?
SONA...
POUR-
QUOI ?
MON
PETIT
SONA...

OOOOH...
SONA...
OUUUH... SONA...
GROOOOO
SONA ...
MON PETIT ...

ADIEU...

LEURS VOIX S'ES-TOMPAIENT PEU À PEU...
BIENTÔT, ELLES NE FURENT PLUS QU'UN LOINTAIN SANGLOT...

MONTE VITE !
L'ÉPÉE EST À TOI... TU PEUX T'EN SERVIR COMME BON TE SEMBLE ...
MAIS N'OUBLIE PAS QUE JE SUIS TOUJOURS PRO-PRIÉTAIRE DE TA VIE !

SI TU VEUX REGAGNER TA LIBERTÉ ...
REMBOURSE-MOI LES CENT PIÈCES D'OR QUE TU ME DOIS !
JE M'ACQUITTERAI DE MA DETTE, JE LE JURE... TU PEUX BIEN M'EXPLOITER JUSQUE-LÀ !
JE RACHÈTERAI MA LIBERTÉ... ET JE TUERAI LE BANDIT QUI A MASSACRÉ MA FAMILLE !
ROLL
ROLL
ROLL
ROLL
ROLL
EST-CE QUE LES ÂMES DES MORTS S'INCARNENT VRAIMENT DANS CES CORBEAUX ?
OU EST-CE QU'ILS IMITENT SIMPLEMENT CEUX QUI LEUR ONT SERVI DE REPAS ?
...
SI JE N'AVAIS PAS PRIS L'ÉPÉE...
À CE MOMENT-LÀ...
PEUT-ÊTRE QUE J'AURAIS PU EN AVOIR LE CŒUR NET...

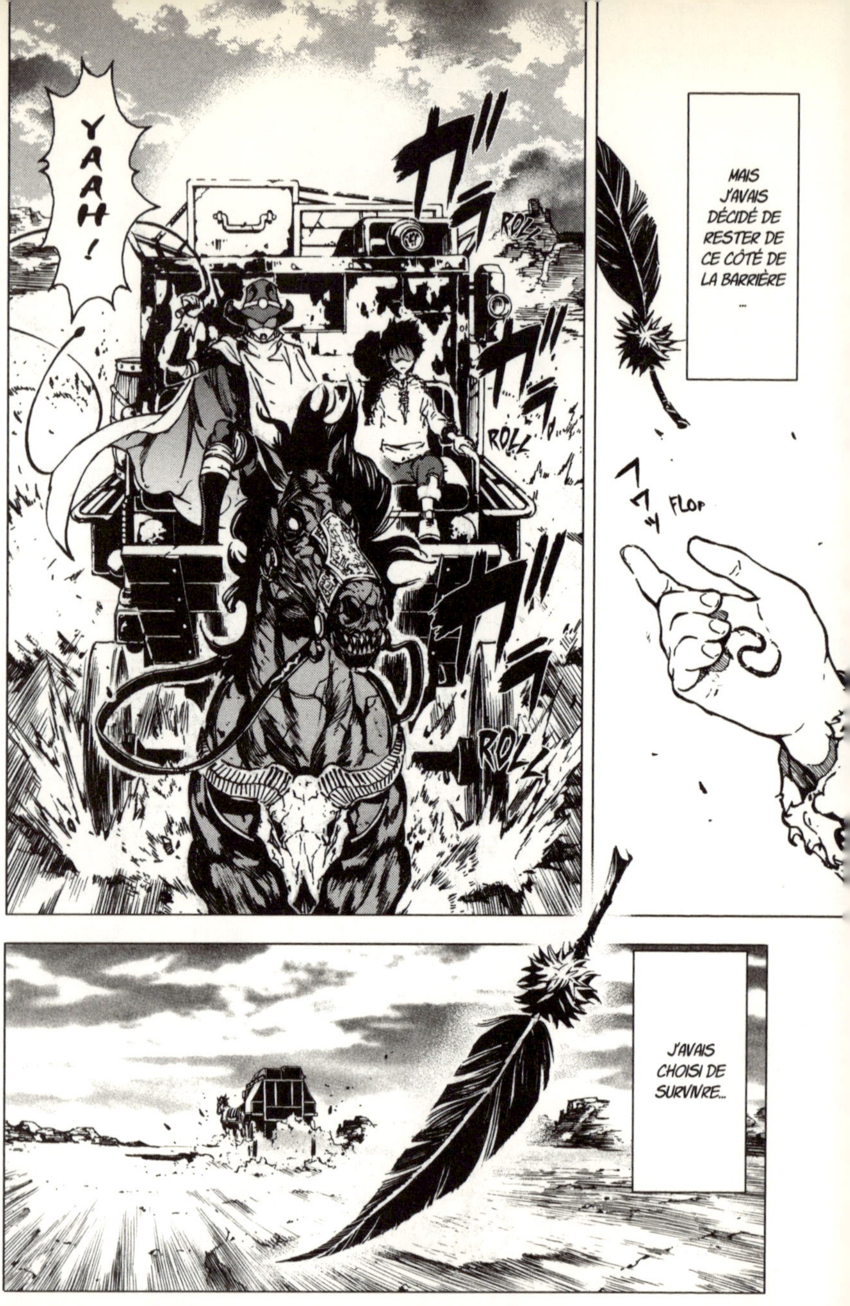
MAIS J'AVAIS DÉCIDÉ DE RESTER DE CE CÔTÉ DE LA BARRIÈRE ...
FLOP
ROLL
ROLL
YAAH !
ROLL
J'AVAIS CHOISI DE SURVIVRE...

CE JOUR RESTERA À JAMAIS GRAVÉ DANS MA MÉMOIRE...
TOUTE MA FAMILLE A ÉTÉ ASSASSINÉE, MA MAIN A ÉTÉ MARQUÉE AU FER ROUGE D'UN SIGNE QUI NE S'EFFACERA JAMAIS...
PUIS...
JE TE REPOSE LA QUESTION... COMBIEN ES-TU PRÊT À PAYER POUR CETTE ARME ?

STIGMATE 2 : LE DIEU DE LA PLUIE
J'AI ACHETÉ UNE ÉPÉE À GARAMI POUR SAUVER MA PEAU...

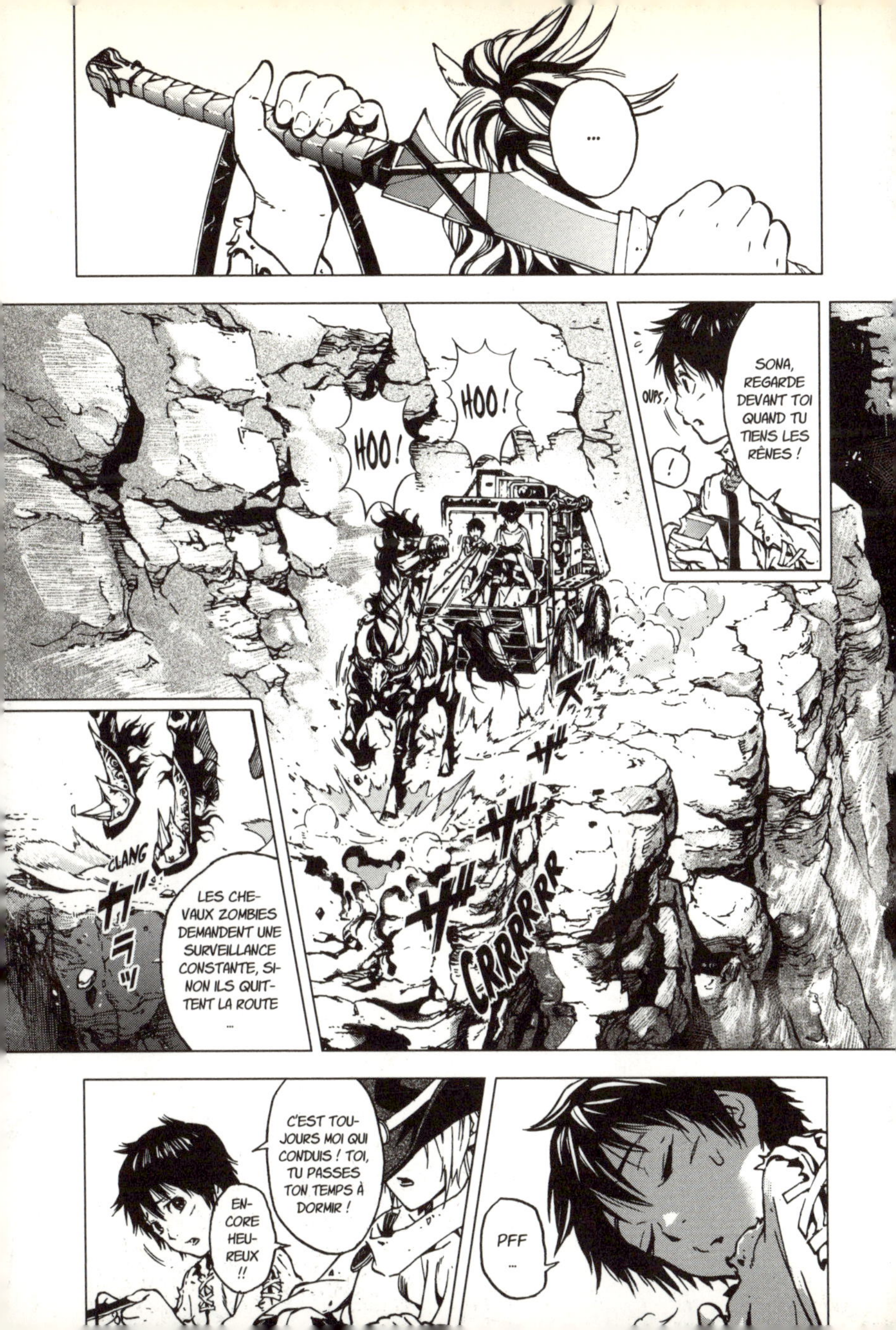
...
SONA, REGARDE DEVANT TOI QUAND TU TIENS LES RÊNES !
OUPS
!
HOO !
HOO !
CRRRRRR
CLANG
LES CHEVAUX ZOMBIES DEMANDENT UNE SURVEILLANCE CONSTANTE, SINON ILS QUITTENT LA ROUTE ...
PFF ...
C'EST TOUJOURS MOI QUI CONDUIS ! TOI, TU PASSES TON TEMPS À DORMIR !
ENCORE HEUREUX !!

TU AS MES CENT PIÈCES D'OR ?
NON, ALORS BOUCLE-LA ET OBÉIS !
TU VEUX QUE JE REPRENNE TON ÉPÉE POUR COMMENCER À ÉPONGER TA DETTE ?
SANS FAÇON !
ROLL
ゴトゴト
ROLL
ゴトゴト
TIENS ?
QU'EST-CE QUE C'EST...
TOUS CES DRAPEAUX ?
CE SONT DES ÉTENDARDS D'APPEL... LES VILLAGEOIS LES PLANTENT LE LONG DES ROUTES POUR SIGNIFIER QU'ILS ONT BESOIN DES SERVICES D'UN MARCHAND.
LA COULEUR ET LA TAILLE DES DRAPEAUX INDIQUENT LA NATURE DE CE QU'ILS SOUHAITENT ACHETER...
DES MÉDICAMENTS... DES GRAINES...
DES OUTILS...
ET AUSSI...

DES ARMES !
ROLL
ゴトゴト
ROLL
ゴトゴト

GARAMI ...
TOUT LE MONDE NOUS FIXE D'UN ŒIL MÉFIANT...
BRRR

BIENVENUE À ARAL, JEUNE COLPORTEUSE !
JE SUIS CABELL, LE CHEF DE CE VILLAGE !
POUVEZ-VOUS NOUS DIRE...
QUELLE COULEUR D'ÉTENDARD VOUS A MENÉE À NOUS ?
QUELLE SERA VOTRE RÉACTION SI JE VOUS RÉPONDS...
QUE JE SUIS VENUE, ATTIRÉE PAR UN FUNESTE DRAPEAU NOIR, POUR VENDRE DES INSTRUMENTS DE MORT ?
EH OUI, JE SUIS UNE MARCHANDE D'ARMES !

TAP
TAP
UNE MARCHANDE D'ARMES ?!
TAP
!
UN INSTANT !
C'EST UN VILLAGE PAISIBLE, VOUS SAVEZ...
PERSONNE N'A BESOIN D'ARMES, PAR CHEZ NOUS !
CLING
20 000 TAALS, ET VOUS QUITTEZ LES LIEUX COMME SI VOUS N'AVIEZ PAS VU CET ÉTENDARD NOIR...
ENTENDU ?

JE VOIS QUE VOUS ÊTES LONGUE À LA DÉTENTE...
ON TROUVERA UN CHEF D'ACCUSATION PLUS TARD !
CONFISQUEZ SON CHARGEMENT ET JETEZ-LA AU CACHOT !
OH... MAIS QUE VOILÀ ?
C'EST UNE BIEN GRANDE ÉPÉE POUR UNE DEMOISELLE...
N'Y TOUCHEZ PAS !

SLASH
ARGH!
PLAF
AÏE !

GH...
COMMENT OSES-TU...
CLAC
GH...
UN COLPORTEUR NE DOIT JAMAIS IGNORER UN ÉTENDARD D'APPEL ET PERSONNE N'A LE DROIT DE L'EMPÊCHER DE FAIRE SON TRAVAIL...
PUISQUE TU PRÉTENDS ÊTRE LE CHEF DE CE VILLAGE, TU DOIS CONNAÎTRE LA RÈGLE !
GRR...
SALE GARCE !
CLAC

CAZAS !
PLUS UN GESTE ! JETTE TON FUSIL !
C'EST TOI QUI AS PLANTÉ L'ÉTEN-DARD ?
OUI, C'EST MOI !
JE DOIS EN RE-METTRE UN TOUS LES JOURS CAR ILS LE RETIRENT JUSTE APRÈS MON PASSAGE... MAIS JE N'AI PAS BAISSÉ LES BRAS !
MAINTENANT QU'UNE MAR-CHANDE A ENFIN RÉPONDU À MES PRIÈRES, JE NE LES LAISSERAI PAS TOUT GÂCHER !

DU CALME ! RIEN NE DIT QUE J'AIE DANS MON CHARIOT L'ARME DONT TU AS BESOIN...
IL ME FAUT ...
UNE ARME CAPABLE DE TUER UN DIEU !

HIIIII
CATACLOP
CATACLOP
FLAP
GRIMPE !

BON SANG !!
ARRÊTEZ-LES !
NE LES LAISSEZ PAS S'ÉCHAPPER !!
CATACLOP
CATACLOP
YAAH !
YAAH !

NOUS AVONS BÂTI CE VILLAGE DE NOS MAINS IL Y A QUARANTE ANS DE ÇA...
À L'ÉPOQUE, LA TERRE N'ÉTAIT PAS AUSSI ARIDE... ON CULTIVAIT LES CHAMPS ET ON LES IRRIGUAIT AVEC L'EAU DE LA RIVIÈRE.
IL A FALLU ATTENDRE DIX ANS POUR QUE NOTRE LABEUR PORTE ENFIN SES FRUITS !
JE ME SUIS MARIÉ ET J'AI EU UNE PETITE FILLE...
MAIS NOTRE BONHEUR N'A PAS DURÉ LONGTEMPS...
LA RIVIÈRE S'EST TARIE, PUIS LA SÉ-CHERESSE S'EST INS-TALLÉE...
TOUTES NOS CULTURES SONT MORTES ET LE VILLAGE A SOMBRÉ DANS LE DÉCLIN...

C'EST ALORS QU'UN ÊTRE MYSTÉRIEUX A FAIT SON APPARITION...
IL A APPELÉ LES NUAGES ET FAIT TOMBER L'EAU DU CIEL. C'ÉTAIT UNE VRAIE BÉNÉDICTION, À TEL POINT QU'ON L'A SURNOMMÉ LE DIEU DE LA PLUIE !
NOUS AVONS PASSÉ UN ACCORD AVEC LUI...
EN ÉCHANGE DE CETTE PRÉCIEUSE PLUIE...
ON LUI OFFRIRAIT UN SACRIFICE CHAQUE ANNÉE !
À CES MOTS, LE DIEU A SOURI...
ET IL A ACCEPTÉ LE MARCHÉ !

LE VILLAGE A REPRIS VIE...
MAIS LORSQUE LE PREMIER SACRIFICE A ÉTÉ TIRÉ AU SORT, C'EST MA FILLE QUI A ÉTÉ DÉSIGNÉE !
MA FEMME N'A PAS SUPPORTÉ DE VOIR NOTRE ENFANT EMPORTÉ PAR LE DIEU, ELLE ÉTAIT INCONSOLABLE...
J'AI TENTÉ DE LA RAISONNER EN LUI DISANT QUE LE BIEN DU VILLAGE PASSAIT AVANT NOS SENTIMENTS PERSONNELS...
...
ELLE EST MORTE D'UNE ÉPIDÉMIE, IL Y A DEUX ANS... JE SUIS SEUL, À PRÉSENT ...

C'EST LÀ QUE JE ME SUIS RENDU COMPTE QUE MA VIE ÉTAIT VIDE DE SENS...
JE N'AI PLUS PERSONNE À AIMER NI À PROTÉGER... IL N'Y A MÊME PLUS QUELQU'UN POUR ME BLÂMER !
C'EST DE MA FAUTE SI J'AI TOUT PERDU...
J'AI ENFIN COMPRIS POURQUOI LE DIEU DE LA PLUIE A SOURI, LE JOUR DU PACTE !

IL NE SE RÉJOUISSAIT PAS À L'IDÉE DES SACRIFICES...
IL SE MOQUAIT DE NOUS ! IL NOUS TROUVAIT RIDICULES D'EN ÊTRE RÉDUITS À DE TELLES EXTRÉMITÉS !
CE N'EST PAS NOS FILLES QU'IL DÉVORAIT, MAIS NOS ÂMES !
J'AI MIS TRENTE ANS À M'EN APERCEVOIR !

JE PEUX TE FOURNIR UNE ARME ASSEZ PUISSANTE POUR TUER CETTE CRÉATURE QUE VOUS PRENEZ POUR UN DIEU...
MAIS IL TE FAUDRA SACRIFIER TA VIE POUR ATTEINDRE TON BUT.
!!
ATTENDS UN PEU !
COMMENT PEUX-TU DIRE UNE CHOSE PAREILLE ?! C'EST IM-MONDE !
MA FILLE AVAIT À PEU PRÈS LE MÊME ÂGE QUE TOI...
SI DONNER LES QUELQUES ANNÉES QU'IL ME RESTE À VIVRE PERMETTAIT DE LA RAMENER ...

JE CONSIDÉRERAIS QUE C'EST UNE BONNE AFFAIRE !
JE TE REPOSE LA QUESTION... COMBIEN ES-TU PRÊT À PAYER POUR CETTE ARME ?
VOICI TOUT L'ARGENT QUE J'AI PU ÉCONOMISER : 3 700 TAALS !
ET MA VIE AUSSI ...

TRÈS BIEN, MARCHÉ CONCLU !
CLING
CLIC
CLAC
CRIII

C'ÉTAIT UN VÉRITABLE ARSENAL...
DANS CES TÉ-NÈBRES GLACÉES, ON DISTINGUAIT DES ARMES DE TOUT CALIBRE, ENTASSÉES LES UNES SUR LES AUTRES...

TAP
TAP
TAP
REGARDEZ !
QUELQU'UN AURAIT MIS LE FEU AUX RUINES ?!
OH NON !! VOUS SENTEZ CETTE ODEUR ?!
MAUDIT CAZAS ! IL EST EN TRAIN DE BRÛLER LES HERBES UTILISÉES LORS DES CÉRÉMONIES SACRIFICIELLES !
PLIC
PLIC
PLIC
IL PLEUT ?!
LE DIEU A ÉTÉ ATTIRÉ PAR LA FUMÉE !

DOOOM

RAMÈNE-TOI, DIEU DE LA PLUIE !
JE VAIS FAIRE CE QUE J'AURAIS DÛ FAIRE IL Y A TRENTE ANS !
JE SERAI LE DERNIER SACRIFICE QUE TU AURAS L'OCCASION DE SAVOURER !
MONSIEUR CAZAS !
GROOOO
ヴオオオ

CHOMP
FLASH

BOUM

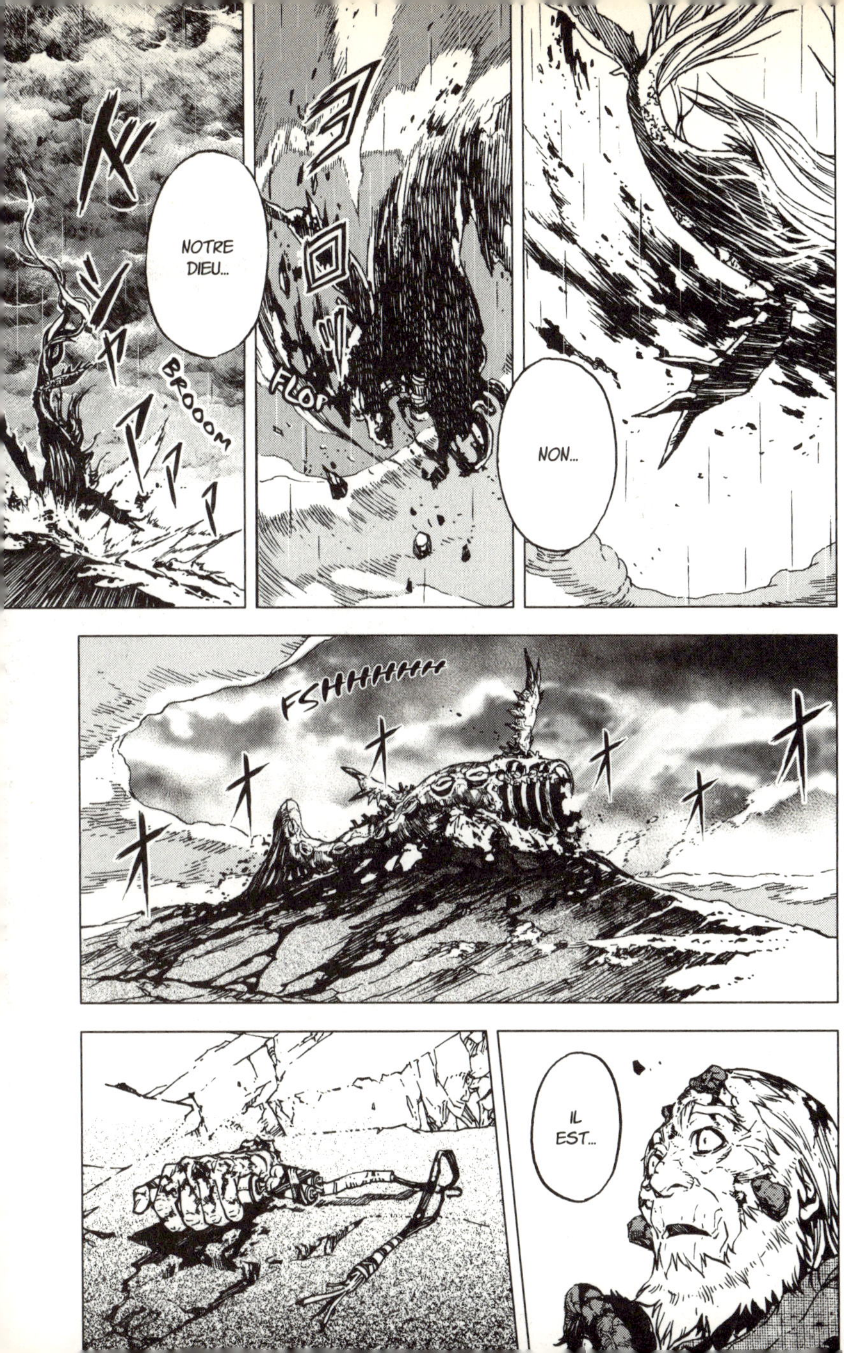
NON...
FLOP
NOTRE DIEU...
BROOOM
FSHHHHHH
IL EST...

SI SEULEMENT TU N'AVAIS JAMAIS MIS LES PIEDS ICI...
SI TU N'AVAIS PAS VENDU CETTE ABOMINATION À CAZAS...
SOIS MAUDITE !
VSH
QUITTE LE VILLAGE SUR-LE-CHAMP !!
ARRIÈRE, SORCIÈRE !!

VOUS VOUS TROMPEZ !
SACRIFIER DES VIES DANS VOTRE PROPRE INTÉRÊT, CE N'EST PAS JUSTE !
TAC
C'EST POUR ÇA QUE M. CAZAS A VOULU METTRE UN TERME À CETTE HÉCATOMBE !
POF
MAIS MAINTENANT ...
NOTRE VILLAGE VA MOURIR !

ON NE PEUT PAS ALLER S'INSTALLER AILLEURS !
QUI SAIT SI NOUS TROUVERONS UNE AUTRE TERRE À CULTIVER ?
LES PLUS FAIBLES D'ENTRE NOUS ET LES PERSONNES ÂGÉES MOURRONT EN PREMIER...
LES ENFANTS SERONT VENDUS AU PLUS OFFRANT...
CETTE ARME QUE VOUS AVEZ PROCURÉE À CAZAS...
VA CAUSER NOTRE PERTE À TOUS !
...
MAIS NON... C'EST...
JE...
...
CATACLOP
CATACLOP

DIS... EST-CE QUE CE VIEIL HOMME A EU RAISON DE SE VENGER ?
EST-CE QU'ON A BIEN FAIT DE LUI VENDRE CETTE BOMBE ?
LES ARMES SONT UN FACTEUR TEMPOREL. CELLE-CI A RÉVEILLÉ UNE VIEILLE RANCŒUR QUI DORMAIT DEPUIS LONGTEMPS ET A REMIS LE TEMPS EN MARCHE...
NI PLUS, NI MOINS.
MAIS GARAMI...
TU NE TE SOUCIES PAS DE CE QUE PEUVENT PROVOQUER LES ARMES QUE TU FOURNIS AUX GENS ?!
QUE CE SOIT POUR FAIRE LE BIEN OU LE MAL, MON RÔLE EST DE VENDRE DES ARMES...
À CEUX QUI EN ONT BESOIN !

CLIC
VOILÀ TA PART. SI TU AS DU TEMPS À PERDRE, ÉPARGNE-MOI TES CAS DE CONSCIENCE ET EMPLOIE-LE PLUTÔT À REMBOURSER TON DÛ...
YAAAH!
YAAAH!
CRR
À CES MOTS, LA PIÈCE D'ARGENT QUE M'AVAIT DONNÉE GARAMI...
M'A PARU ÉTRANGEMENT LOURDE...

DIS, GARAMI ...
ROLL
ROLL
ROLL
TU ESPÈRES VRAIMENT TROUVER DES CLIENTS AU FIN FOND DE CES MONTAGNES ?
ROLL
QUI SAIT ?
ELLE EST SÉRIEUSE ?
TIENS, REGARDE ...
ROLL
ROLL

ROLL
ROLL
VOILÀ NOTRE DESTINATION...
LES RUINES DU FORT DE NAKIRO.

STIGMATE 3 : LA FORTERESSE EN RUINES

IL Y A UNE VINGTAINE D'ANNÉES, LES SEIGNEURS DE L'EST SE SONT DISPUTÉ LA POSSESSION DE CETTE MONTAGNE, QUI ABRITE UNE SOURCE D'EAU POTABLE...
TU ES AU COURANT DE CETTE HISTOIRE ?
LA GUERRE DE LA SOURCE ? OUI, J'EN AI ENTENDU PARLER...
ALORS C'EST ICI QUE ÇA S'EST PASSÉ ?

ON RACONTE QUE LES DEUX CAMPS SE SONT LIVRÉ UNE BATAILLE SANS MERCI... LES 200 SOLDATS DE GRETA ONT ÉTÉ ASSIÉGÉS PAR L'ARMÉE DU BALZAR, QUI COMPTAIT PLUS DE 3 000 HOMMES.
ILS ONT RÉUSSI À TENIR UNE CENTAINE DE JOURS AVANT D'ÊTRE MASSACRÉS...
TU SENS CETTE ODEUR IMMONDE ? IL DOIT Y AVOIR UN TRUC EN TRAIN DE POURRIR, DANS LE COIN...
EH...
TU M'ÉCOUTES ?
UN DRAPEAU NOIR !
LUI AUSSI, C'EST UN ÉTENDARD D'APPEL ?
NON, C'EST LE DRAPEAU DE L'ARMÉE GRETANE. ENFIN, PAS L'OFFICIEL...
QUAND LES SOLDATS SE SONT FAIT ENCERCLER...

LE GÉNÉRAL ERNEST KRAHN A DONNÉ À SES HOMMES...
L'ORDRE DE TEINDRE TOUTES LES ENSEIGNES DU FORT EN NOIR AFIN QUE PERSONNE NE PUISSE LEVER LE DRAPEAU BLANC.
SANS BLAGUE ?
À L'ÉPOQUE, ILS AVAIENT PASSÉ UN ACCORD AVEC LA GUILDE DES ARMU-RIERS...

DU COUP, C'EST DEVENU UNE TRADITION : TOUS LES ANS, À LA MÊME PÉRIODE, UN MEMBRE DE NO-TRE CORPORATION VIENT AU FORT APPORTER UNE MARCHANDISE ...
D'HABITUDE, CE SONT LES COLPORTEURS DE LA RÉGION QUI S'EN OCCUPENT, MAIS CETTE ANNÉE, UN IMPRÉVU LES A POUSSÉS À RE-COURIR À MES SERVICES.
QUEL GENRE D'IMPRÉVU ?
TROIS MARCHANDS AFFILIÉS À LA GUILDE ONT ÉTÉ TUÉS EN ENTRANT DANS CETTE FORTE-RESSE...
COMMENT ÇA ?

BANG
PLAF
QU'EST-CE QUI SE PASSE ?!
C'EST UN SNIPER...
HEIN ?
ON NOUS TIRE DES-SUS ?

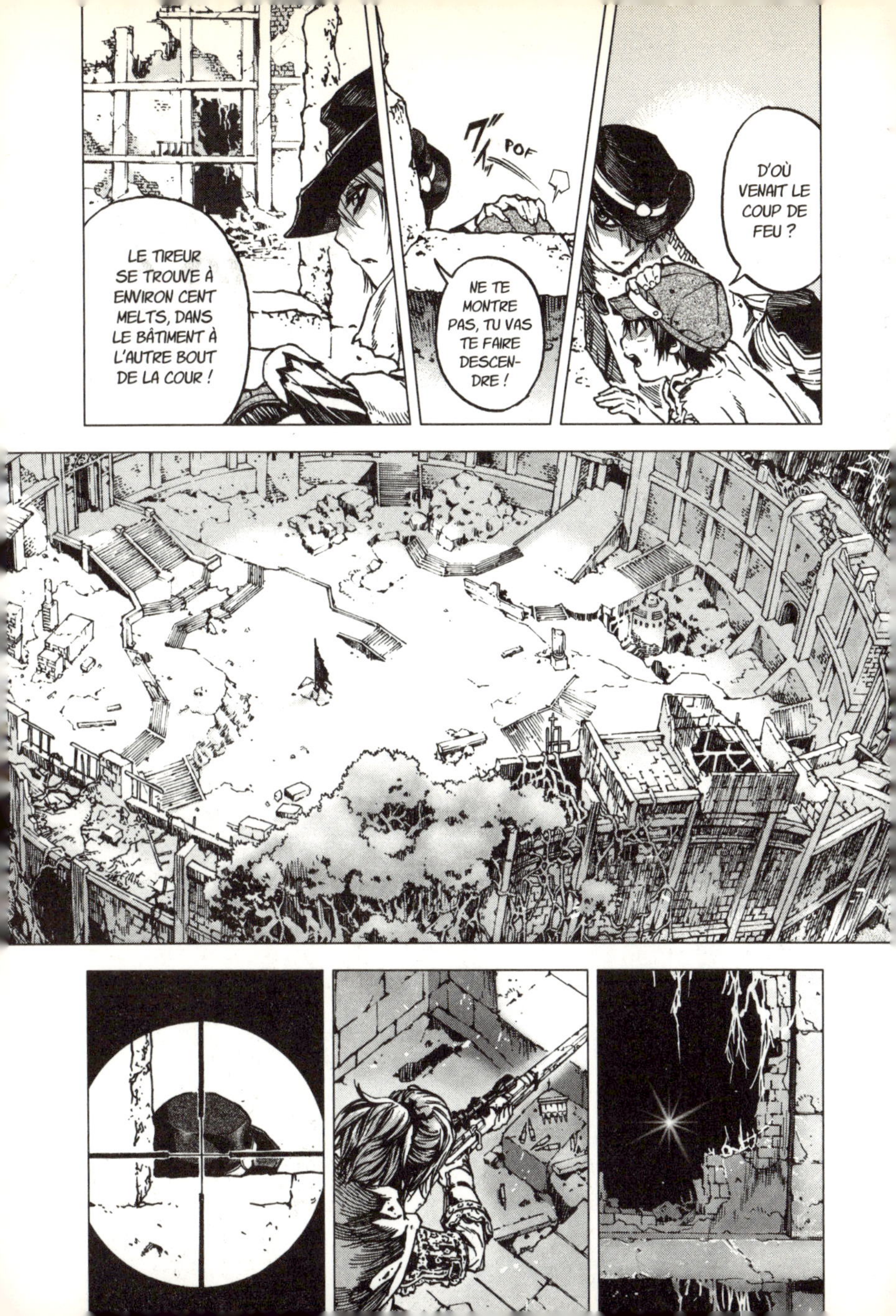
D'OÙ VENAIT LE COUP DE FEU ?
POF
NE TE MONTRE PAS, TU VAS TE FAIRE DESCEN-DRE !
LE TIREUR SE TROUVE À ENVIRON CENT MELTS, DANS LE BÂTIMENT À L'AUTRE BOUT DE LA COUR !

BANG
...
PITOYABLE ! TU NE SAIS MÊME PAS RECONNAÎTRE UN LEURRE ?! ALORS C'EST COMME ÇA QUE TU AS TUÉ LES TROIS ARMURIERS QUI M'ONT PRÉCÉDÉE ?!
C'EST UN BON FUSIL, HEIN ?! LA MARCHANDISE D'EMERSON A TOUJOURS ÉTÉ DE GRANDE QUALITÉ ! MAIS IL N'A PAS EU LE TEMPS DE TE FAIRE L'ARTICLE, TU L'AS DESCENDU AVANT !
CLAC

FSH
CLAC
C'EST UNE RELIQUE DE L'ANCIENNE CIVILISATION, UN CHEF-D'ŒUVRE RÉNOVÉ PAR LE MEILLEUR ARMURIER DE LA GUILDE EN PERSONNE, LE FAMEUX GENZO !
IL EST BIEN TROP BEAU POUR TOI ! SI TU LE VENDAIS À UN RICHE BALZARI, IL TE RAPPORTERAIT AU MOINS 50 TAALS !
!
BANG
TAIS-TOI ! JAMAIS JE NE FERAI COMMERCE AVEC LES BALZARIS, SALE MARCHANDE DE MORT !

ALORS TU VIENS DE GRETA... JE M'EN DOUTAIS !
JE M'APPELLE SNEV KRAHN !
JE SUIS LE FILS DU GÉNÉRAL KRAHN, TOMBÉ AU COMBAT DANS CETTE FOR-TERESSE !!
!

JE N'OUBLIERAI JAMAIS LES LARMES D'AMERTUME QUE J'AI VUES COULER SUR LES JOUES DE MON PÈRE LE JOUR OÙ LUI ET SON ARMÉE ONT ÉTÉ ASSIÉGÉS...
LE COMMANDANT BALZARI ÉTAIT À TROIS CENTS MELTS DEVANT EUX, JUSTE À LEUR PORTÉE ! MAIS ILS NE POUVAIENT PAS TIRER LE MOINDRE COUP DE FEU...
CLIC
CLIC

CAR LA GUILDE DES ARMURIERS, QUI DEVAIT LES RAVITAIL-LER EN MUNITIONS ET EN POUDRE, N'A JAMAIS LIVRÉ LA CARGAISON PROMISE !
!
LES MARCHANDS S'ÉTAIENT LAISSÉ CONVAINCRE PAR LES BELLES PAROLES DU CAMP ADVERSE ET AVAIENT ROMPU LE CONTRAT QU'ILS AVAIENT PASSÉ AVEC MON PÈRE !
...
J'AI PASSÉ DES ANNÉES DANS LES GEÔLES DU BALZAR EN TANT QUE FILS DE REBELLE...
MAIS J'EN SUIS ENFIN SORTI !
ET JE SUIS ICI POUR VENGER MON PÈRE !
TAP
GARAMI !!

REVIENS !! TU VAS TE FAIRE TIRER DESSUS !
!!
SAIS-TU QUE CE JOUR-LÀ, LE CONVOI DE LA GUILDE N'ÉTAIT QU'À CINQ CARMELS DE LA FORTERESSE ?
LES ARMURIERS ONT PERCÉ LE SIÈGE DES BALZARIS...
ET ILS ONT MENÉ UNE LUTTE SANS MERCI. TU N'ÉTAIS PAS AU COURANT ?

À L'ORIGINE, LES ÉTENDARDS D'APPEL DES MARCHANDS D'ARMES ÉTAIENT DE COULEUR BLEUE...
À TON AVIS, POURQUOI SONT-ILS NOIRS, À PRÉSENT ?
POUR IMITER LES DRAPEAUX DE NAKIRO !

POUR QU'AUCUN D'ENTRE NOUS N'OUBLIE LE SENTIMENT DE HONTE QUE LES ARMURIERS ONT RESSENTI CE JOUR-LÀ ! ILS SONT ARRIVÉS TROP TARD, LE FORT ÉTAIT DÉJÀ TOMBÉ... ILS N'ONT JAMAIS PU HONORER LEUR CONTRAT !

ET DEPUIS, UNE FOIS PAR AN, LA GUILDE ENVOIE UN DES SIENS...
DÉPOSER SUR LA TOMBE D'ER-NEST KRAHN UN OBJET, AFIN QUE SON ÂME PUISSE TROUVER LE REPOS.
CE QU'IL AVAIT DÉSIRÉ PLUS QUE TOUT, EN CE JOUR FUNESTE...
UNE BALLE... VOILÀ CE QUE NOUS VENONS LUI APPOR-TER !
ÇA FAIT VINGT ANS QUE CETTE GUERRE EST FINIE...
ET ILS CONTINUENT À VENIR CHAQUE ANNÉE...

MAIS CETTE INFORMATION N'A JAMAIS ÉTÉ RÉVÉLÉE À QUELQU'UN D'EXTÉRIEUR À LA GUILDE ...
C'EST UN LOURD SECRET QUE CHAQUE MEMBRE DOIT PORTER...
UNE DERNIÈRE CHOSE...
SNEV, LE FILS DU GÉNÉRAL, N'EST PLUS DE CE MONDE !
QUOI ?!
IL A ÉTÉ EMPORTÉ PAR UNE ÉPIDÉMIE L'ANNÉE DER-NIÈRE...
ET IL Y A TROIS MOIS, SON CORPS A ÉTÉ DÉTERRÉ...
N'IMPORTE QUOI !!
TU VOIS BIEN QUE JE SUIS VIVANT !

SA TOMBE PORTAIT LES TRACES D'UN ANCIEN RITUEL DE SORCEL-LERIE...
CETTE PROFANATION EST L'ŒUVRE DE NÉCROMANCIENS. ILS ONT TOUJOURS ÉTÉ HOSTILES À LA GUILDE DES ARMURIERS...
EST-CE QUE L'EAU TE DÉSALTÈRE ?
EST-CE QUE TU SENS LE GOÛT DU PAIN ?
ET SURTOUT, EST-CE QUE TU AS REMARQUÉ LES RELENTS PESTILENTIELS QUI FLOTTENT SUR CE FORT EN RUINES ?!
CETTE ODEUR DE PUTRÉFACTION, C'EST TOI QUI LA DÉGAGES !

C'EST DE LA NÉCROMANCIE !
TU N'ES QU'UNE OMBRE MUÉE PAR SES REGRETS...
LA VÉRITABLE ÂME DE SNEV...
PSHHH
N'EST PLUS EN TOI...

TUE-MOI...
TAC
JE SUIS MORT, MAIS JE SUIS AVANT TOUT LE FILS D'UN VALEUREUX GUERRIER...
J'AI COMMIS UNE ERREUR, ET JE TIENS À EN ASSUMER LA RESPONSABILITÉ !
TOC
QU'EST-CE QUE C'EST ?
LE CIMETERRE QUE PORTAIENT LES SOLDATS QUI DÉFENDAIENT LE FORT DE NAKIRO.
ON M'A DEMANDÉ DE TE LE REMETTRE ...
C'EST GENZO, LE CHEF DE LA GUILDE DES ARMURIERS DES PROVINCES DE L'EST, QUI M'ENVOIE. IL SOUHAITE QUE LE FILS DE SON VIEIL AMI CONNAISSE UNE FIN DIGNE !

UNE MORT DIGNE D'UN SOLDAT DE GRETA ?
FSHHH
TOC
JE TE REMERCIE !
QUEL EST TON NOM ?
TAP

GARAMI, MARCHANDE D'ARMES !
AAAH...
J'AI DÉJÀ ENTENDU CE NOM ...
C'EST AINSI QUE S'APPELLE ...
LA GUERRIÈRE LA PLUS PUISSANTE DE VOTRE GUILDE...

TU AS DU SANG SUR LA JOUE !
ATTENDS, J'AI UN MOU-CHOIR...
PAS LA PEINE !
!
DIS, GARAMI, TU AS SAUVÉ L'ÂME DE CE SOLDAT ?
J'AI REMPLI MA MISSION, C'EST TOUT CE QUI COMPTE...
CE N'ÉTAIT QUE LE LOINTAIN EFFLUVE D'UN HOMME PRIVÉ DE SA SÉPULTURE ...

IL SERA DISPERSÉ QUAND LE VENT SE LÈVERA...
ATTENDS-MOI !!
...
PERSONNE NE SE REND JAMAIS DANS CETTE FORTERESSE EN RUINES PERDUE AU FIN FOND DES MONTAGNES...
À PART LES MEMBRES DE LA GUILDE DES ARMURIERS, QUI VIENNENT Y DÉPOSER TOUS LES ANS UNE CARTOUCHE SYMBOLIQUE...

QUAND LE SO-LEIL SE COUCHE DERRIÈRE LES DUNES, LA LANDE DÉSERTIQUE SE TEINTE D'UN ÉCLAT ROUGE SANG...
MON PÉRIPLE DANS CETTE PLAINE SAUVAGE M'A FAIT PRENDRE CONSCIENCE DE TROIS CHOSES...
LA PREMIÈRE, C'EST QUE LE MONDE EST BEAUCOUP PLUS VASTE QUE JE NE L'IMAGINAIS...

LA SECONDE, C'EST QUE DANS CET UNIVERS IMMENSE, JE NE SUIS QU'UN ÊTRE MINUSCULE ET INSI-GNIFIANT...
CLAC
カチャ
ALORS, POUR NETTOYER UNE ARME À FEU... PRIMO, REGARDER À L'INTÉRIEUR DU CANON POUR VOIR S'IL Y A DES RÉSIDUS DE POUDRE...
SECUNDO, VERSER DE L'HUILE SUR LA BROSSE DE L'ÉCOUVILLON ...
ET FROTTER JUSQU'À CE QU'IL NE RESTE PLUS AUCUNE TRACE...

TERTIO, LAISSER UNE INFIME QUANTITÉ D'HUILE POUR ÉVITER LA ROUILLE, ESSUYER LE SURPLUS ET C'EST TERMIN...
CRAC
ZUT !
OH NON... GARAMI VA ENCORE ME CRIER DESSUS...
UN ÉCOUVILLON, C'EST SOLIDE ! COMMENT TU FAIS POUR LES RUINER LES UNS APRÈS LES AUTRES ?
TU VEUX BOUCHER MON FUSIL POUR QU'IL M'EXPLOSE À LA TÊTE, C'EST ÇA ?
TOC
TOC
AÏE !
GARAMI... J'AI ENCORE CASSÉ LE MANCHE DU GOUPILLON...
GARA...

STIGMATE 4 :
LE MARCHÉ DE YUGA (1)

TU M'AS APPELÉE ?
ET LA TROI-SIÈME...
EUH...
EXCUSE-MOI !
IL ME FAUDRAIT UN ÉCOUVILLON NEUF !
CLING
VA EN CHER-CHER UN DANS LA CARRIOLE. OUVRE-LA AVEC LA CLÉ ORNÉE D'UNE PIERRE ROUGE... IL Y EN A DANS LE TIROIR DE DROITE !
JE SUIS VRAIMENT DÉSOLÉ ! JE NE SAVAIS PAS QUE TU ÉTAIS EN TRAIN DE TE LAVER...
ÇA VA, JE NE VAIS PAS M'ÉNERVER PARCE QU'UN GAMIN M'A VUE TOUTE NUE !
UN GAMIN... PFF...

LA TROISIÈME, C'EST QUE GARAMI, LA MARCHANDE D'ARMES QUI M'A SAUVÉ LA VIE...
ET QUI M'A COLLÉ UNE DETTE DE CENT PIÈCES D'OR SUR LE DOS...
...
CLAC
CRRR
EST UNE FEMME VRAIMENT ÉNIGMA-TIQUE...

CHOMP
PAS DU TOUT !
PAR CONTRE, CES CLIQUETIS INCESSANTS ME RENDENT UN PEU NERVEUX, C'EST VRAI !
DIS-MOI, SONA... TU AS PEUR DE MA CARGAISON ?
...
OÙ EST-CE QUE TU T'ES PROCURÉ TOUTE CETTE ARTIL-LERIE ?
CE SONT DES RELIQUES ...
C'EST-À-DIRE ?
DES VESTIGES DE LA CIVILISATION AUJOURD'HUI DIS-PARUE QUI RÉGNAIT SUR LE MONDE IL Y A DES SIÈCLES...
CES ARMES ONT ÉTÉ DÉTERRÉES LORS DE FOUILLES ET LES ARMURIERS DE LA GUILDE LES ONT REMISES EN ÉTAT AVANT D'EN FAIRE COMMERCE...

DEMAIN, J'AI UNE AFFAIRE À CONCLURE DANS UNE GRANDE VILLE... J'AURAI UN BOULOT POUR TOI.
TU RECEVRAS CECI EN GUISE DE PAIEMENT !
UNE PIÈCE D'OR DE 10 000 TAALS !
BEAUCOUP OU PEU D'ARGENT, C'EST UNE QUESTION DE POINT DE VUE...
PAR EXEMPLE, C'EST LE PRIX D'UNE FOURCHETTE POUR DES NOBLES DU BALZAR...
MAIS POUR UN PAUVRE PIONNIER, ÇA REPRÉ-SENTE UN AN DE TRAVAIL...
ALORS QUE LA SOMME EST TOUJOURS LA MÊME.
QUANT À TOI, TA DETTE SE MONTE À CENT PIÈCES COMME CELLE-CI...
POUR RETROUVER TA LIBERTÉ, TU VAS DEVOIR LES GAGNER UNE PAR UNE...

MAIS JE TE PRÉVIENS : IL SE PEUT QUE TU VOIES DES CHOSES PAS TRÈS PLAISANTES, DANS CETTE VILLE...
AH BON ?
VOICI YUGA...
LA PLUS GRANDE CITÉ DE L'EST DU BALZAR.

POUR-QUOI ?
VA RANGER MES ARMES DANS LE FOURGON. ET TON ÉPÉE AUSSI !
TU VAS VITE COMPREN-DRE...
MILICE DE YUGA ! MONTREZ-MOI VOTRE LICENCE !
UNE COLPOR-TEUSE ? QU'EST-CE QUE VOUS VENDEZ ?
OH, TOUTES SORTES DE CHO-SES...

PAS DES ARMES, J'ESPÈRE ?
LE PORT D'ARMES EST STRICTEMENT INTERDIT DANS NOTRE VILLE ! LES CONTRE-VENANTS SONT IMMÉ-DIATEMENT EXÉCUTÉS, SUR ORDRE DU BARON OULARDT !
VOYEZ PLUTÔT !!
IL Y A DEUX JOURS, DES GRETANS ONT ESSAYÉ DE FAIRE PASSER DES CARABINES DISSIMULÉES SOUS LEUR CHARIOT. RÉFLÉCHISSEZ-Y À DEUX FOIS SI VOUS N'AVEZ PAS ENVIE DE FINIR COMME EUX !
BEUH...
NOUS ALLONS FOUILLER VOTRE VÉHICULE ! OUVREZ-LE !
GARAMI ...
VA OUVRIR, SONA...
QUOI ?!

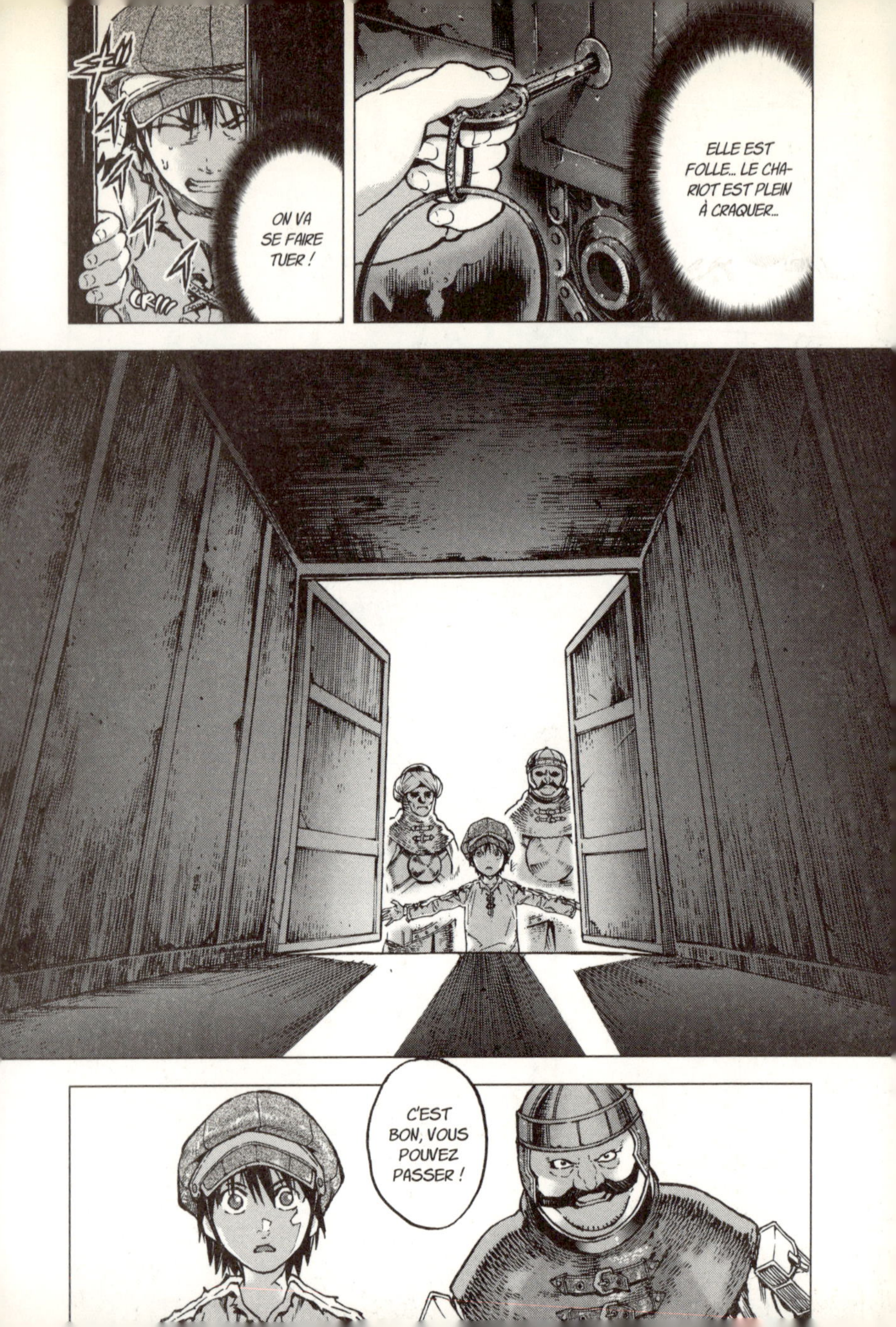
ELLE EST FOLLE... LE CHARIOT EST PLEIN À CRAQUER...
ON VA SE FAIRE TUER !
CRIII
C'EST BON, VOUS POUVEZ PASSER !

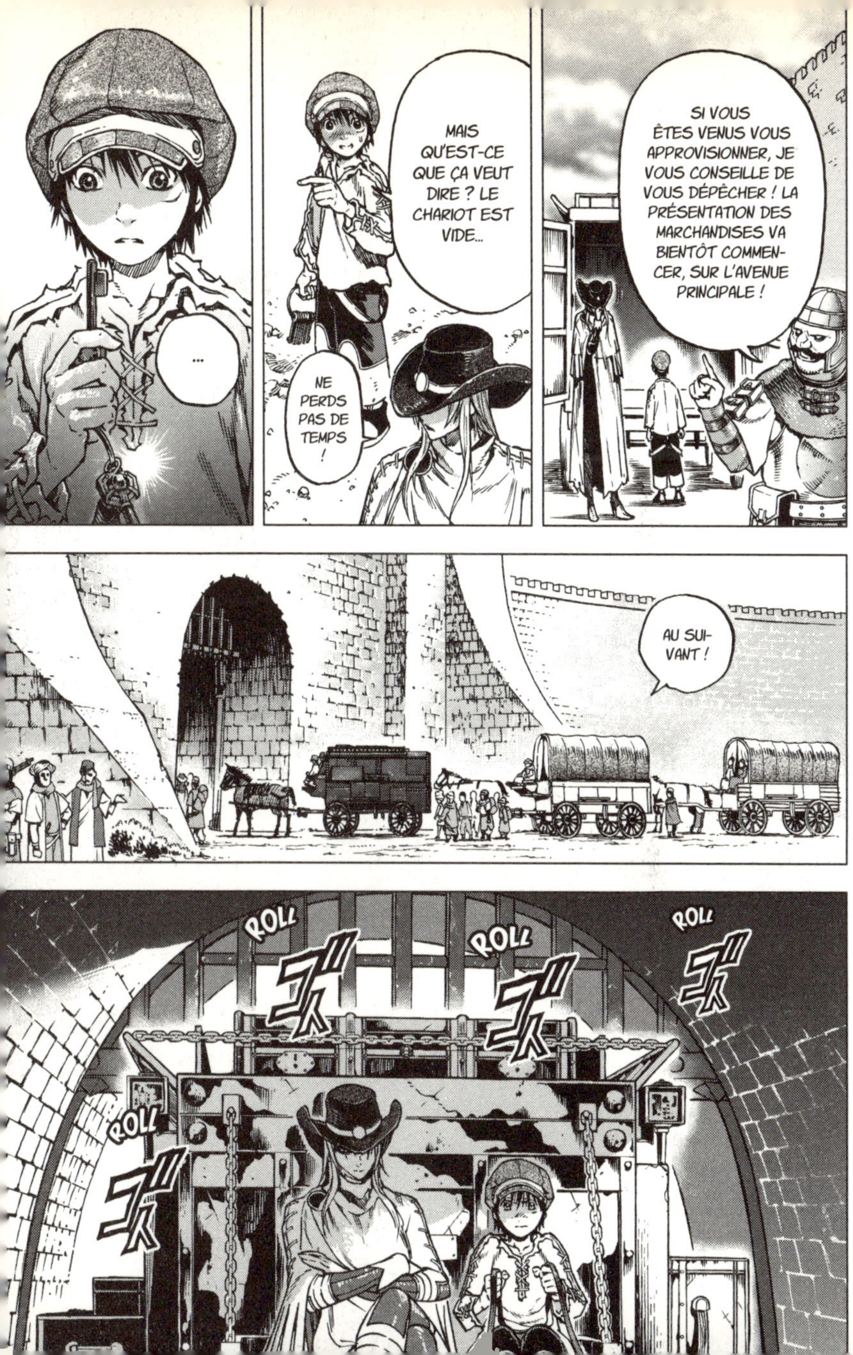
...
MAIS QU'EST-CE QUE ÇA VEUT DIRE ? LE CHARIOT EST VIDE...
NE PERDS PAS DE TEMPS !
SI VOUS ÊTES VENUS VOUS APPROVISIONNER, JE VOUS CONSEILLE DE VOUS DÉPÊCHER ! LA PRÉSENTATION DES MARCHANDISES VA BIENTÔT COMMENCER, SUR L'AVENUE PRINCIPALE !
AU SUIVANT !
ROLL
ROLL
ROLL
ROLL

OUAAAH ! C'EST MAGNI-FIQUE !!

C'EST LA PREMIÈRE FOIS QUE JE VISITE UNE VILLE AUSSI ANIMÉE !!
À CETTE PÉRIODE DE L'ANNÉE, DES MARCHANDS VENANT DES QUATRE COINS DU MONDE DÉFERLENT SUR YUGA...
CAR IL S'Y TIENT UN MARCHÉ TRÈS PARTICULIER...
UN MARCHÉ ?
OOOH
QU'EST-CE QUE C'EST ?
UNE PARADE. CE SONT LES NÉGOCIANTS QUI L'ORGANISENT POUR PRÉSENTER LES PRODUITS QUI SERONT DISPONIBLES À LA VENTE...
TU VEUX ALLER Y JETER UN ŒIL ? COMME ÇA, TU POURRAS TE FAIRE UNE IDÉE DE LA VILLE !
C'EST VRAI, JE PEUX ?!

À TOUT À L'HEURE !
TAP
PFF...
IL Y A TROP DE MONDE, JE NE VOIS RIEN DU TOUT !
IL FAUDRAIT QUE JE M'APPROCHE...
NE POUSSE PAS, GARNEMENT !
PARDON, MONSIEUR ! JE PEUX ALLER DEVANT ?
JE ME DEMANDE CE QUI ATTIRE UNE FOULE PAREILLE...

CLING
TAP
TAP
OOOOOOH !
LES VOILÀ !
IL Y EN A UN BON PAQUET, CETTE FOIS !

NE SORS PAS DU RANG !
BAN

MAIS CE SONT...
QU'EST-CE QUE TU EN DIS, PETIT ? LA RÉCOLTE EST BONNE, PAS VRAI ?
COMME LE BALZAR EST EN GUERRE CONTRE CARADIA, UN GRAND ROYAUME DU NORD...
LES PRISONNIERS CARADIENS CONSTITUENT LE GROS DES MARCHANDISES, CETTE ANNÉE !
CRONCH
CRONCH
QUELLE HORREUR...

ALORS CE QU'ON VEND SUR CE FAMEUX MARCHÉ...
CE SONT DES ÊTRES HUMAINS ?!
ウワアアア
OUAAAAAH !
HI HI... LE CLOU DU SPECTACLE ARRIVE !
C'EST ELLE QUE J'ATTENDAIS !
MAGNI-FIQUE !
OOOOH !
ズン
BAM

OOOOOOOH...
ワアアアア

LA VOILÀ ...

GROAAR
VOICI LA TROISIÈME PRINCESSE DE CARADIA...
SON ALTESSE AIRI !

À YUGA, UNE VILLE SITUÉE DANS L'EST DU BALZAR...
J'AI VU DES HOMMES ET DES FEMMES ENCHAÎNÉS, VENDUS COMME DU BÉTAIL...
IL PARAÎT QU'ELLE N'A QUE 15 ANS ! C'EST LA FILLE D'UNE CONCUBINE DU ROI DE CARADIA !
REGARDEZ SON TEINT DE PORCELAINE !
D'AUTRES QUI ÉTAIENT VENUS LES ACHETER...
ELLE EST BELLE, NOBLE ET SURTOUT ENCORE VIERGE ! ELLE N'A PAS DE PRIX ! C'EST UN ARTICLE DE PREMIER CHOIX !
ET ENFIN...
GH...

LA PRINCESSE D'UN ROYAUME ÉTRANGER, TRAITÉE COMME UNE MARCHANDISE...
STIGMATE 5 : LE MARCHÉ DE YUGA (2)

QU'EST-CE QUE ÇA SIGNIFIE, GARAMI ?
LE MARCHÉ DE YUGA PERMET AU BALZAR DE VENDRE SES PRISONNIERS DE GUERRE AFIN DE RENFLOUER LES CAISSES DE SON ARMÉE...
DES EXPLOITANTS DE TOUS LES PAYS VIENNENT Y ACHETER DE LA MAIN-D'ŒUVRE POUR LES MINES ET LES TRAVAUX DES CHAMPS...
C'EST POURQUOI LES MARCHANDS D'ESCLAVES DU CONTINENT TOUT ENTIER SE RASSEMBLENT ICI. EN QUELQUES JOURS, ILS GAGNENT L'ÉQUIVALENT DU BUDGET D'UN PETIT ÉTAT...
CE N'EST PAS CE QUE JE TE DEMANDE !
COMMENT CES GENS PEUVENT-ILS VENDRE OU ACHETER DES ÊTRES HUMAINS ?! C'EST ABSOLUMENT IGNOBLE !

TOI-MÊME, TU M'AS VENDU TA VIE ! TU AS CHOISI DE SURVIVRE ET DE DEVENIR MA PROPRIÉTÉ !
ÇA N'A RIEN À VOIR !
TAP
ザッ
C'EST NOUS QUE TU INSULTES, SALE MÔME ?
ELLE TE PLAÎT PAS, NOTRE VILLE ?
QU'EST-CE QUE TU COMPTES FAIRE ?
DISPERSER LES SPECTATEURS ET COMBATTRE LA MILICE DE LA VILLE, TOUT ÇA POUR SAUVER UNE POIGNÉE D'ESCLAVES ?
TU PENSES EN AVOIR LA FORCE ?
...

SOU-VIENS-TOI D'UNE CHOSE...
C'EST BIEN BEAU D'AVOIR DES PRINCIPES, MAIS QUAND NOS ACTIONS NE SONT PAS À LA HAUTEUR DE NOS PAROLES, ON LA BOUCLE !
MAIS JE...
HÉ HÉ HÉ... JE VOIS, C'ÉTAIT SEULEMENT UN PAUVRE MIOCHE EN TRAIN DE DIVAGUER ...
IL EST À TOI, CE GARÇON ? TU VEUX BIEN ME LE LOUER POUR UNE NUIT ?
HÉ HÉ HÉ !
REMARQUE, SI TU PRÉFÈRES ME VENDRE TES SERVICES, JE NE DIRAI PAS NON ! HÉ HÉ HÉ...
PAF

PLAF
FOUTEZ-MOI LE CAMP ! JE NE ME LAISSE DRAGUER QUE PAR DES HOMMES, DES VRAIS...
ET ÇA NE COURT PAS LES RUES ...
SURTOUT SUR LES MARCHÉS AUX ESCLAVES !

TU VIENS, SONA ?
TSS...
J'AR-RIVE...
OOOOOH...
OOOOOOH !

MISÉRABLES LARVES...
OOOOH !
VOUS M'AVIEZ PROMIS QUE SON ALTESSE AIRI NE PRENDRAIT PAS PART À LA PARADE, MESSIRE OULARDT...
OOOOOH !
SACHEZ QU'EN TANT QUE DIRIGEANT DE YUGA, J'EN SUIS FORT CONTRIT...
D'AUTANT QUE CARADIA EST ALLÉ JUSQU'À ENVOYER UNE SOMMITÉ TELLE QUE VOUS POUR NÉGOCIER LE RETOUR DE LA PRINCESSE...

MAIS JE N'AI PAS L'INTENTION DE CHANGER D'AVIS...
GÉNÉRAL SCHRAN !

LE BALZAR CONNAÎT QUELQUES DIFFICULTÉS FINANCIÈRES, RAPPORT À LA GUERRE QUI OPPOSE NOS DEUX PAYS...
VOUS VOULEZ DIRE QUE VOUS ALLEZ AUGMENTER LE PRIX DE LA RANÇON ?

OUI, SI UN ACHETEUR PROPOSE PLUS QUE LA SOMME ANNONCÉE PAR VOTRE PAYS...
BIEN, JE VAIS DEMANDER À CE QUE LE PRIX SOIT RÉEXAMINÉ ...
PRÉCISEZ BIEN À LA FAMILLE ROYALE QUE LA PRINCESSE AIRI SE TROUVE DANS UNE SITUATION TRÈS DÉLICATE !

J'ESPÈRE QUE VOUS PARVIENDREZ À LES CONVAINCRE DE REMPORTER LES ENCHÈRES...
CRRR
CRRR
CRRR
ON VA TENTER D'ENTRER DANS YUGA INTRA-MUROS...
COMMENT ÇA ?
LE MARCHÉ SE TROUVE À L'EXTÉRIEUR DE LA VILLE PROPREMENT DITE...
CRRR
CRR

VOICI LE CHÂTEAU DU BARON OULARDT, LE CŒUR DE LA CITÉ...
IL EST DÉFENDU JOUR ET NUIT PAR LE CORPS DE GARDE DE YUGA. C'EST AUSSI LÀ QUE SE TROUVE LE QUARTIER DES ESCLAVES...
SEULS LES FONCTIONNAIRES, LES SOLDATS ET LES VENDEURS D'ESCLAVES ONT LE DROIT D'Y PÉNÉTRER...
ALORS COMMENT ON VA FAIRE ?
LE FOURGON EST VIDE ! D'AILLEURS, TU NE M'AS TOUJOURS PAS DIT OÙ ÉTAIT PASSÉE LA CARGAISON ...

TU VEUX CONNAÎTRE LE SECRET DE MON CHARIOT ?
LE SECRET ?
OUVRE L'ARRIÈRE !
?
MAIS GARAMI ...
IL EST TOUJOURS VIDE !
PAF

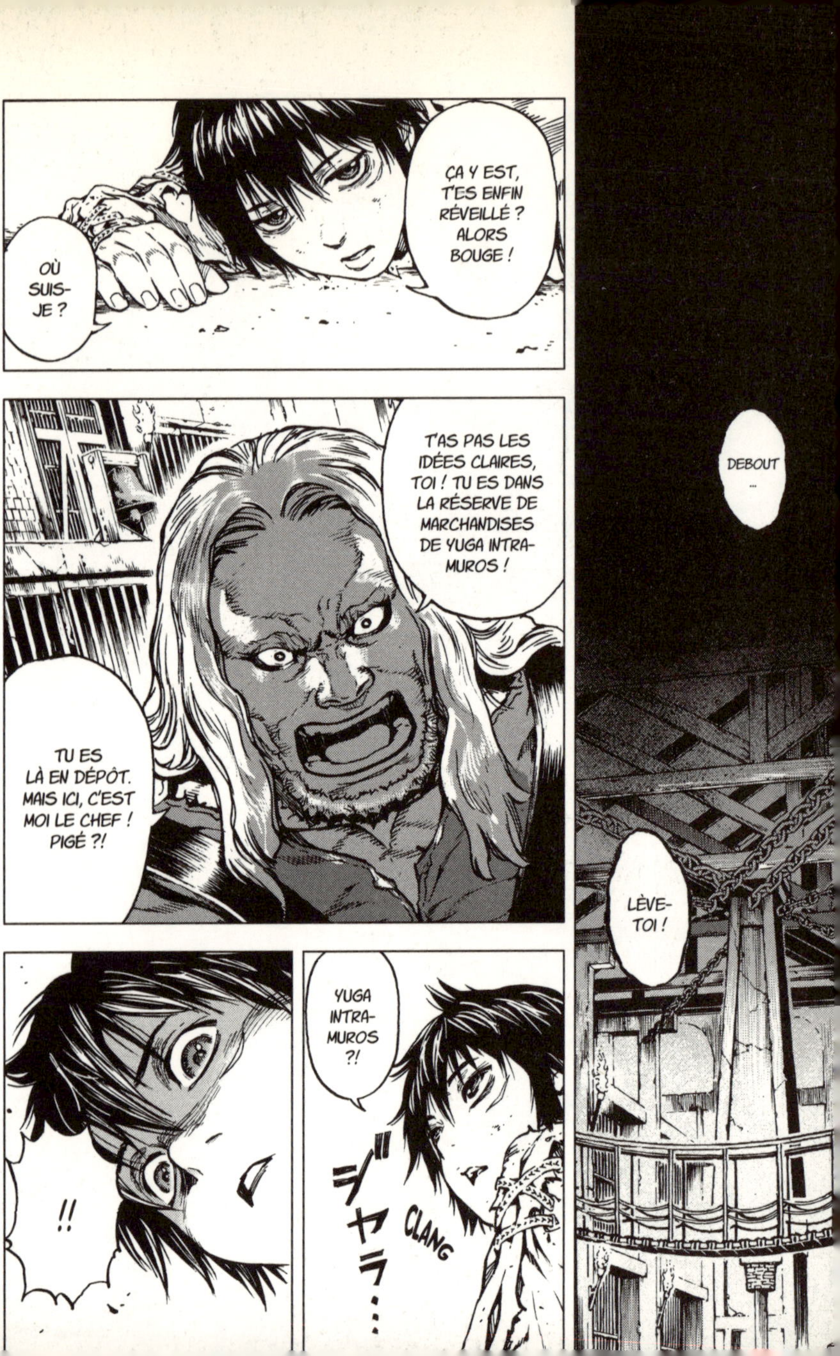
DEBOUT …
LÈVE-TOI !
OÙ SUIS-JE ?
ÇA Y EST, T'ES ENFIN RÉVEILLÉ ? ALORS BOUGE !
T'AS PAS LES IDÉES CLAIRES, TOI ! TU ES DANS LA RÉSERVE DE MARCHANDISES DE YUGA INTRA-MUROS !
TU ES LÀ EN DÉPÔT. MAIS ICI, C'EST MOI LE CHEF ! PIGÉ ?!
YUGA INTRA-MUROS ?!
ジャラ…
CLANG
!!

HEIN ?
VIENS, JE VAIS TE CONDUIRE À TA CELLULE ! TU Y RESTERAS JUSQU'AUX ENCHÈRES !
ATTENDEZ !!

IL DOIT Y AVOIR UNE ERREUR !! JE NE SUIS PAS À VENDRE !!
PLAF
ザ
ザ
ザ
LA FERME ! ARRÊTE DE TE DÉBAT-TRE !
グイ
ZIP
AH, GARAMI ! TU TOMBES BIEN !
EXPLIQUE-LEUR, JE T'EN SUPPLIE !

OUF...
ホッ
JE COMPTE EN ACHETER TROIS. JE PEUX VOUS LAISSER MON CHARIOT LE TEMPS DE CHOISIR ?
SANS PROBLÈME, JE VAIS VOUS MONTRER LE HANGAR !
QUOI ?
RAMÈNE-TOI !
GARAMI!!!!!!
CRR
ズルズル
CRR
ズルズル

PLAF
GH...
QUELLE TÊTE DE MULE, CE MIOCHE !
EH, RUGAN !
MODÈRE-TOI UN PEU ! ON NOUS L'A CONFIÉ, IL N'EST PAS À TOI...
JE SAIS, MAIS IL FAUT BIEN LUI FAIRE ENTENDRE RAISON !

HÉ HÉ HÉ... TIENS-TOI TRANQUILLE, CE NE SERA PAS LONG...
!!
CLAC
AAAAH ! AU SECOURS !
HI HI HI HI...
OH NON, VOILÀ SA SALE MANIE QUI LE REPREND !
CLING

CRAC
AAAAARGH !
HAN
BRR
ブル
BRR
ブル
HAN
RUGAN ! ÇA VA ?!
SALE MIOCHE !! POUR QUI TU TE PRENDS ?!

JE VAIS TE BUTER !
CRÈVE, MORVEUX !!
PAF
!!
ARRÊTE, RUGAN ! IL EST LÀ EN DÉPÔT !
BOM
CRAC
IMBÉCILE ! SI TU LE BOUSILLES, TA PUNITION SERA BIEN PIRE QUE QUELQUES COUPS DE FOUET !!

GH...
ARGH...
PFF... ALORS IL SUFFIT DE LE FAIRE DÉMOLIR PAR QUELQU'UN D'AUTRE !
NE ME DIS PAS QUE...
CRR
J'AI UNE IDÉE...

JE VAIS LE BALANCER DANS LA CAGE DU MANGEUR D'HOMMES !
GRRR...

CLANG
CE N'EST PAS UN HUMAIN QUI EST ENFERMÉ ICI... C'EST UN MONSTRE CAP-TURÉ PAR L'ARMÉE DU NORD !!
UN FAUVE CARNAS-SIER !!
IL VA TE DÉVORER JUSQU'AU MOINDRE PETIT OS !!
TAP
TAP
TAP
UN FAUVE ...
MANGEUR D'HOM-MES ?
GRRR ...

STIGMATE 6 : LE MARCHÉ DE YUGA (3)

ENTREZ VITE, TOUT LE MONDE EST LÀ !
CRIII
ガチャ
CLAC
バタン

HEUREUX DE VOIR QUE VOUS AVEZ TOUS RÉUSSI À VOUS INTRODUIRE À YUGA SANS ENCOMBRE...
TAC
TAC
GÉNÉRAL SCHRAN, OÙ EST LA PRIN-CESSE ?
LES NÉGOCIATIONS ONT ÉCHOUÉ... OULARDT NE VEUT RIEN EN-TENDRE !
NOUS ALLONS DONC METTRE À EXÉCUTION NOTRE PLAN B : RÉCUPÉRER SON ALTESSE AIRI PAR LA FORCE !
OÙ EST LA MARCHANDE D'ARMES DONT IL ÉTAIT QUES-TION ?
LÀ-BAS !

IL PARAÎT QUE TU AS FAIT ENTRER DES ARMES DANS YUGA INTRA-MUROS... COMMENT T'Y ES-TU PRISE ?
SECRET PROFES-SIONNEL !
MES HOMMES ONT ENQUÊTÉ SUR TOI, GARAMI...
CE QUE LES MILITAIRES PEUVENT ÊTRE SUS-PICIEUX...
CLAC
BON NOMBRE DE RUMEURS CIRCULENT À TON SUJET...

TU POSSÈDES DE NOMBREUX SURNOMS...
"LA SORCIÈRE QUI VEND LE MALHEUR", "LA FEMME QUI SÈME LA DÉSOLATION"...
J'AI ÉGALEMENT ENTENDU DIRE QUE TU REVENAIS TOUJOURS VIVANTE DE TES LIVRAISONS ...
MÊME QUAND TU DEVAIS APPORTER TES ARMES AU BEAU MILIEU D'UN CHAMP DE BATAILLE... CAR TU ES UNE GUERRIÈRE D'ÉLITE, LE MEILLEUR ÉLÉMENT DE LA GUILDE DES ARMURIERS !
JE SUIS VENUE ICI POUR ÊTRE PAYÉE...
FSHH
スッ
TOC
ゴト
CHAQUE SAC CONTIENT CENT PIÈCES D'OR. ÇA FAIT CINQ MILLIONS DE TAALS EN TOUT !
FRSH
スッ
PLOF
ドサ
ドサ

FSH
ズズ…
J'AI DÉJÀ TOUCHÉ MA PART… POURQUOI ME PROPOSER PLUS ?
DEMAIN MATIN, NOUS FERONS IRRUPTION DANS LE CHÂTEAU DU BARON POUR SAUVER LA PRINCESSE À L'AIDE DES ARMES QUE VOUS NOUS AVEZ FOURNIES…
JE NE DOUTE PAS QUE NOTRE INTERVENTION SOIT COURONNÉE DE SUCCÈS, MES HOMMES SONT TOUS D'EXCELLENTS SOLDATS…
LE PROBLÈME SERA DE QUITTER LA VILLE…
POUR RENTRER À CARADIA !
SI TU ES PARVENUE À FAIRE PASSER DES ARMES AU NEZ ET À LA BARBE DES GARDES…

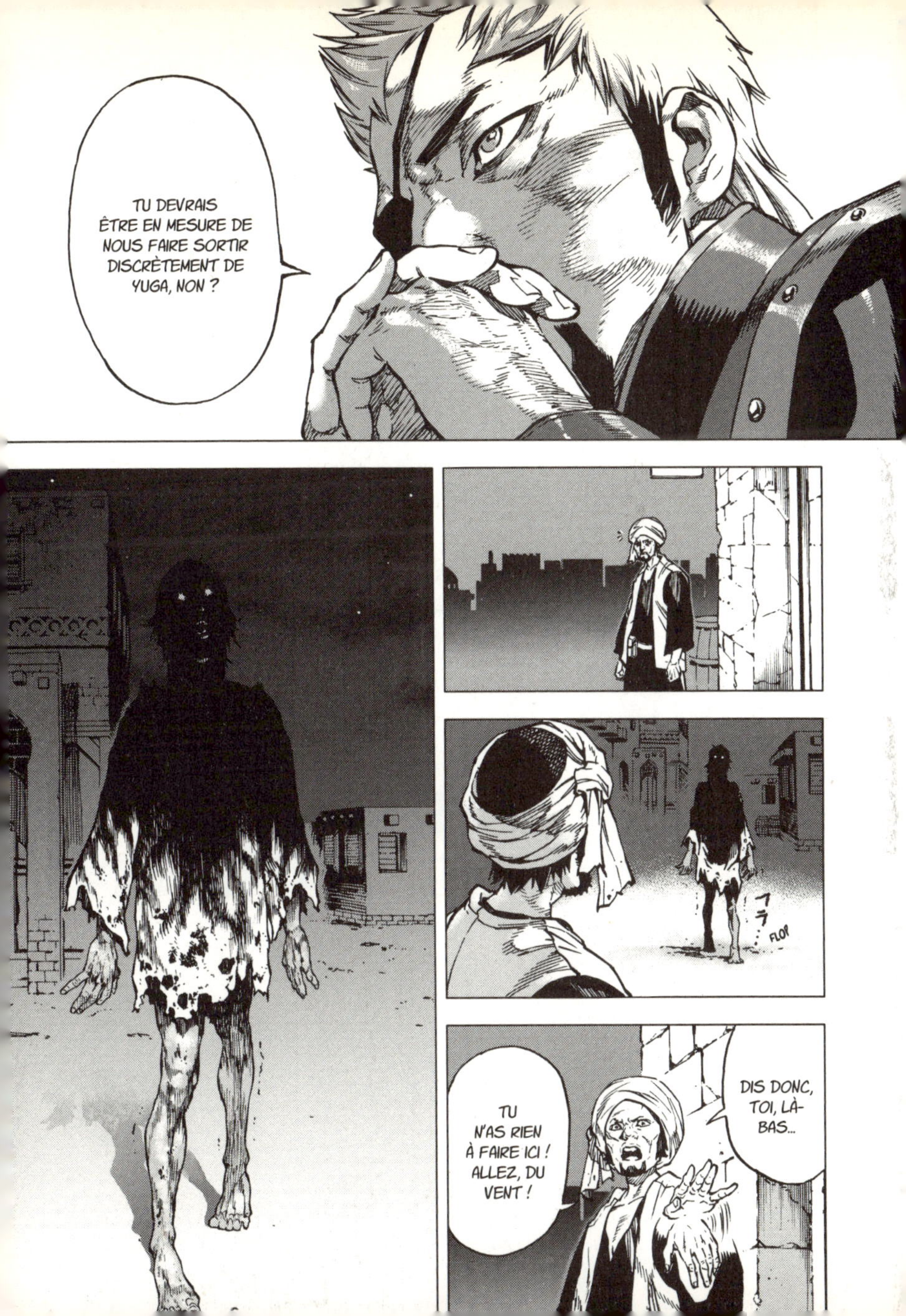
TU DEVRAIS ÊTRE EN MESURE DE NOUS FAIRE SORTIR DISCRÈTEMENT DE YUGA, NON ?
FLOP
DIS DONC, TOI, LÀ-BAS...
TU N'AS RIEN À FAIRE ICI ! ALLEZ, DU VENT !

CLAC
JE REGRETTE, MAIS JE NE FAIS PAS DANS LE TRANSPORT DE PERSONNES !
ENCORE UNE RUMEUR QUI SE CONFIRME...
CE N'EST PAS L'ARGENT QUI TE MOTIVE...
IL N'Y A QU'UNE SEULE MARCHANDISE QUI T'INTÉRESSE...
ET C'EST POUR LA TROUVER QUE TU VOYAGES DE VILLE EN VILLE !
CE N'EST QU'UN SIMPLE RAGOT...
OUI, SANS AUCUN FONDEMENT...

BAM
HAN
MON GÉNÉRAL...
SAUVEZ-VOUS !
HAN
HANS ?!
QU'EST-CE QUI S'EST PASSÉ ?!
ILS... ILS SONT...
PLATCH

D'OÙ IL SORT, CE TYPE ?!
SLASH
CRR
GROOO
QUOI ?!
MAIS ...

AAAAAAAH !
GÉNÉRAL SCHRAN, DITES À VOS HOMMES DE FUIR PENDANT QU'IL EN EST ENCORE TEMPS !
QUOI ?
ズ
ズ
FSHHHH
ズ
ズ
J'AI L'IMPRESSION QUE VOUS N'ÊTES PAS LES BIENVENUS À YUGA...

ÇA NE SERVIRA À RIEN DE SE BATTRE CONTRE EUX !
ILS SONT DÉJÀ MORTS, VOUS NE POURREZ PAS LES TUER !
GWAAAAH...
CE SONT DES ZOMBIES ! ILS SONT MANIPULÉS PAR UN NÉCROMANCIEN !
!!
GRRR...

POF
NE BOUGE PAS, PETIT D'HOMME...
C'EST FROID ...
FSHH
QU'EST-CE QUE C'EST ? DE LA CRÈME ?
C'EST UN ONGUENT GARON... ÇA VA FAIRE DÉSENFLER TON ŒIL !
LAISSE-LE AGIR UN PEU PUIS ESSUIE-LE... LA DOSE EST TROP FORTE POUR UN HUMAIN...
TU NE VAS PAS ME DÉVORER ?
CLANG
LES GARONS NE MANGENT PAS LES HUMAINS ! C'EST UNE IDÉE QUE TON PEUPLE S'EST MISE EN TÊTE, C'EST TOUT...
LES GARONS ?

C'EST LE NOM DE NOTRE ESPÈCE, QUI A ÉTÉ CRÉÉE PAR LE DIEU DE LA GUERRE, DÉÇU DE LA FAIBLESSE DU GENRE HUMAIN !
JE M'APPELLE GRAGA, JE SUIS LE CHEF DE MA TRIBU ET LE GUERRIER LE PLUS PUISSANT DE L'EST DE LA VALLÉE GARON !
JE VOIS... TOI AUSSI, TU AS ÉTÉ CAPTURÉ PAR LES BALZARIS ...
ET ILS T'ONT RÉDUIT EN ESCLAVAGE...
LES GARONS NE SONT PAS DES ESCLAVES !!
GROAR

PLUTÔT MOURIR QUE DE CAPITULER !
C'EST POUR ÇA QUE LES HUMAINS NOUS CRAIGNENT ET NOUS EMPLOIENT COMME MERCENAIRES !
TOUT CE QU'ILS PEUVENT FAIRE, C'EST NOUS CONDAMNER À MORT POUR L'EXEMPLE...
TU ES CONDAMNÉ ?
AU DÉBUT, NOUS ÉTIONS CINQ GARONS ...
À ÊTRE ENFERMÉS ICI...
ILS ONT TOUS ÉTÉ TUÉS, IL NE RESTE PLUS QUE MOI !
ATTENDS UN PEU...
FSSH
スゥ…

TU N'ES PAS BIEN GRAND, TOI...
HMM... OUI, TU ES VRAIMENT TOUT PETIT...
TELLEMENT MINUSCULE QUE ÇA FORCE L'ADMIRATION !
BON, ÇA VA !
DE TON POINT DE VUE, JE SUIS PEUT-ÊTRE UN NABOT, MAIS POUR UN GARÇON DE MON ÂGE, JE...
JE NE DIS PAS ÇA POUR TE VEXER... C'EST LA PROVIDENCE QUI T'ENVOIE !
TOC
コッ
ズズズ
CRRR

LA PIERRE BOUGE !
BAM
TU POURRAIS PASSER PAR CE TROU POUR T'ÉVADER, NON ?

J'ENTENDS LE VENT QUI SOUFFLE...
FIUUU
JE TE LAISSE T'ÉCHAPPER, MAIS EN ÉCHANGE J'AI UN SERVICE À TE DEMANDER...
C'EST LA DERNIÈRE VOLONTÉ D'UN GUERRIER GARON ! SI TU REFUSES, JE T'ÉTRIPE SUR PLACE !
GLOUPS

YAAH!
AAAH!
ワ゛オオオ
GH...
PAF

CRAC
SPROTCH
GH...
HOUUU...

DSH
CLING
CLING
VROUF

C'EST CORIACE, LES ZOMBIES. ILS NE RESSENTENT NI LA FATIGUE NI LA DOULEUR, ET ILS NE CONNAISSENT PAS LEURS PROPRES LIMITES, CE QUI LES REND ÉTONNAMMENT FORTS...
HEUREUSEMENT, ILS ONT QUAND MÊME UN POINT FAIBLE : LE FEU...
ILS SONT IMPOSSIBLES À TUER, MAIS ON PEUT LES BRÛLER.
FILEZ VITE ! CET ENDROIT VA DEVENIR UN VÉRITABLE BRASIER...

NE LAISSEZ PAS CES MONSTRES VOUS RATTRAPER !
COUREZ !!
DISPERSEZ-VOUS ! RENDEZ-VOUS AU POINT DE RASSEMBLEMENT JUSTE AVANT L'AUBE !
TAP TAP TAP
COMPRIS !
FUIT
MAIS QU'EST-CE QUE TU FAIS ?!
JE VAIS LES RETARDER ...

STIGMATE 7 :
LE MARCHÉ DE YUGA (4)

GRR... SI SEULEMENT J'AVAIS UNE ÉPÉE OU UNE ARME À FEU...
ÇA NE VOUS SERVIRAIT À RIEN !
VSH
CLING
ILS APPROCHENT ...
VROUF
PLOUF

DSHH
SPROTCH
PSHT
PLAF

FRSH
AAAAH !
AAAAAH !
REGARDEZ... UN SORCIER LES A MARQUÉS DE SON EMBLÈME.
SANS CE SYMBOLE, ILS REDEVIENNENT DE SIMPLES CADAVRES !
PLAF

D'OÙ LE FEU... JE COMPRENDS !
TU AS PARLÉ D'UN SORCIER... CES MORTS-VIVANTS ONT DONC ÉTÉ CRÉÉS ARTIFICIEL-LEMENT DANS LE BUT DE CONTRE-CARRER NOS PLANS ?
OUI, ET VOUS DEVEZ BIEN AVOIR UNE PETITE IDÉE DE LA RAISON POUR LAQUELLE ILS VOUS ONT ÉTÉ ENVOYÉS ...
OULARDT A DIT QU'IL AVAIT TROUVÉ UN ACQUÉREUR POUR LA PRIN-CESSE...
...

TU AS DÉJÀ VU CE BLASON QUELQUE PART ? ON DIRAIT UNE SORTE D'ARAI-GNÉE...
PSHH
PSHH
MIEUX VAUT NE PAS TRAÎNER ICI...
AAAAAH ...
GH ...

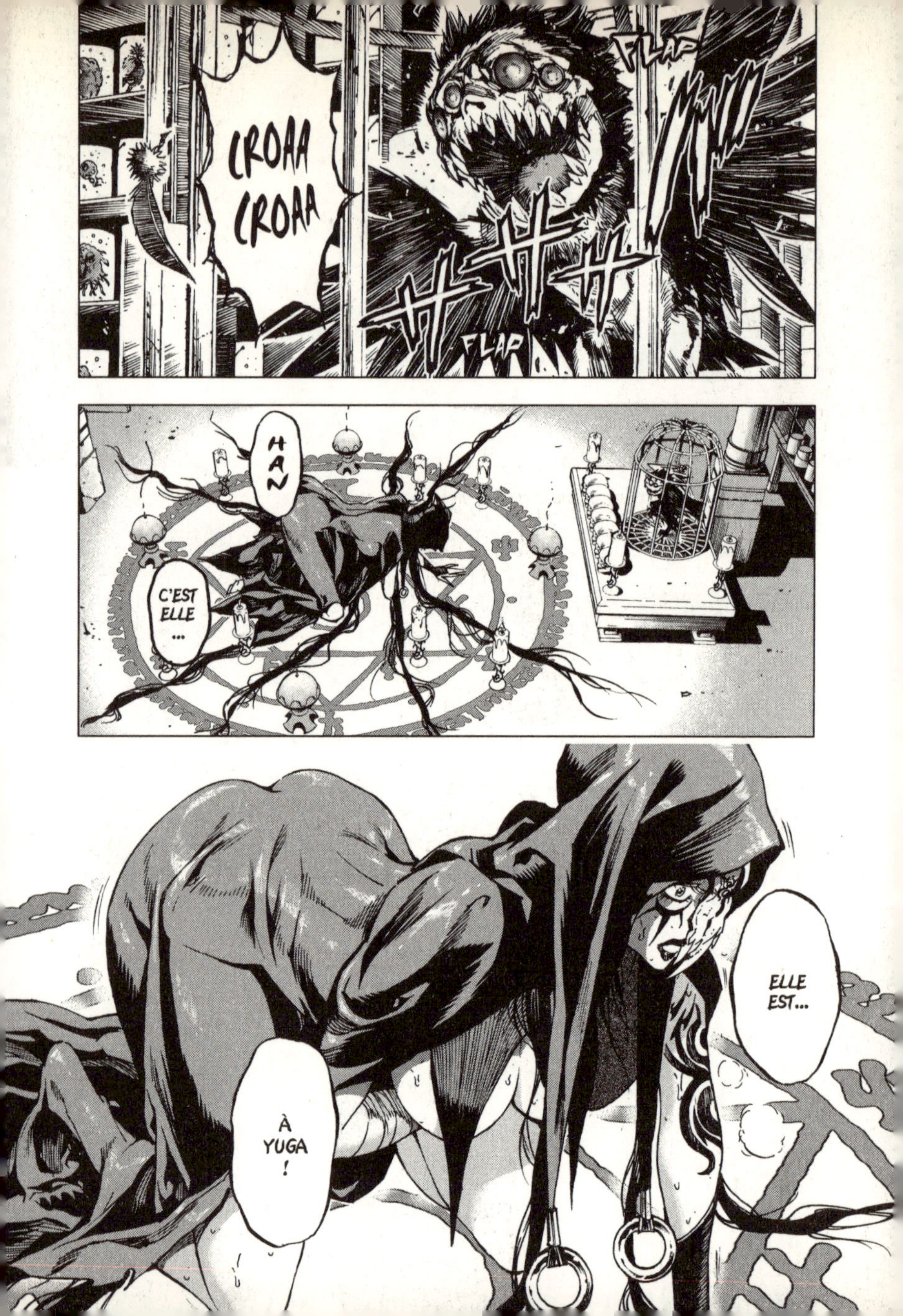
FLAP
CROAA CROAA
FLAP
HAN
C'EST ELLE ...
ELLE EST...
À YUGA !

GARAMI !
ENCORE UN ACHETEUR QUI FAIT DES SIENNES !
HAN
HAN
UN INCENDIE ?
OUI, DANS LE QUARTIER OUEST...

LA BONNE BLAGUE... JE PENSAIS QUE J'ALLAIS SORTIR DANS L'ENCEINTE EXTÉRIEURE DE YUGA...
QU'EST-CE QUE C'EST ?
DES DENTS DE DRAGON ! LE SYMBOLE DU GUERRIER GARON !
AU MOMENT DE LEUR PASSAGE À L'ÂGE ADULTE, TOUS LES JEUNES GARONS DOIVENT ALLER CHASSER LE DRAGON...

SEULS CEUX QUI PARVIENNENT À EN VAINCRE UN SONT CONSIDÉRÉS COMME DES GUERRIERS À PART ENTIÈRE...
CES COLLIERS SONT DES TALISMANS FABRIQUÉS À PARTIR DES CROCS DE CETTE CRÉATURE. NOUS LES PORTONS QUAND NOUS PARTONS COMBATTRE ET NOUS AVONS COUTUME DE REMETTRE À LEUR FAMILLE LES COLLIERS DES GUERRIERS TOMBÉS AU COMBAT !
CEUX-LÀ APPARTENAIENT À MES HOMMES... TU VAS LES PORTER À LA FORTERESSE DE LA SOIF, DANS L'EST DE LA VALLÉE GARON...
CLANG
QUANT AU MIEN, TU L'APPORTERAS À MON ENFANT !
MAINTENANT, VA ! JE N'AI PLUS AUCUN REGRET, À PRÉSENT...
ATTENDS UN PEU !
TU NE ME CONNAIS MÊME PAS, COMMENT PEUX-TU ME CONFIER QUELQUE CHOSE D'AUSSI IMPORTANT ?

QUEL EST TON NOM, PETIT D'HOMME ?
SONA YUKI...
SONA... LES DENTS DE DRAGON REPRÉ-SENTENT L'ÂME DES GARONS, ON NE PEUT PAS LES CONFIER À N'IMPORTE QUI !
TU ES VENU À MOI PILE AU BON MOMENT... C'EST SÛREMENT UN SIGNE DU DESTIN !
LA PRINCESSE QUI M'EMPLOIE SERA VENDUE DEMAIN... ET MOI, JE SERAI EXÉCUTÉ...
JE N'AI PLUS QUE CE SOIR POUR AGIR...
ET JE NE PEUX COMPTER QUE SUR TOI !

TES YEUX SONT ANIMÉS D'UNE ÉTRANGE LUMIÈRE...
CRRR
JE N'AI PLUS QU'À PARIER LÀ-DESSUS !
CRR
J'AIMERAIS BIEN REMPLIR MA MISSION, MAIS ENCORE FAUT-IL QUE JE SORTE D'ICI...
ON DIRAIT LA COUR INTÉRIEURE DE YUGA INTRA-MUROS...
J'AI ENTENDU UN BRUIT ...
HEIN ?
CLANG
ZUT !!

ズボッ
FLOP
NON, PAS ÇA !
AAH !!
PLAF
ドスッ
AÏE...
?
QU'EST-CE QUE...

OH !!
MAIS C'EST...

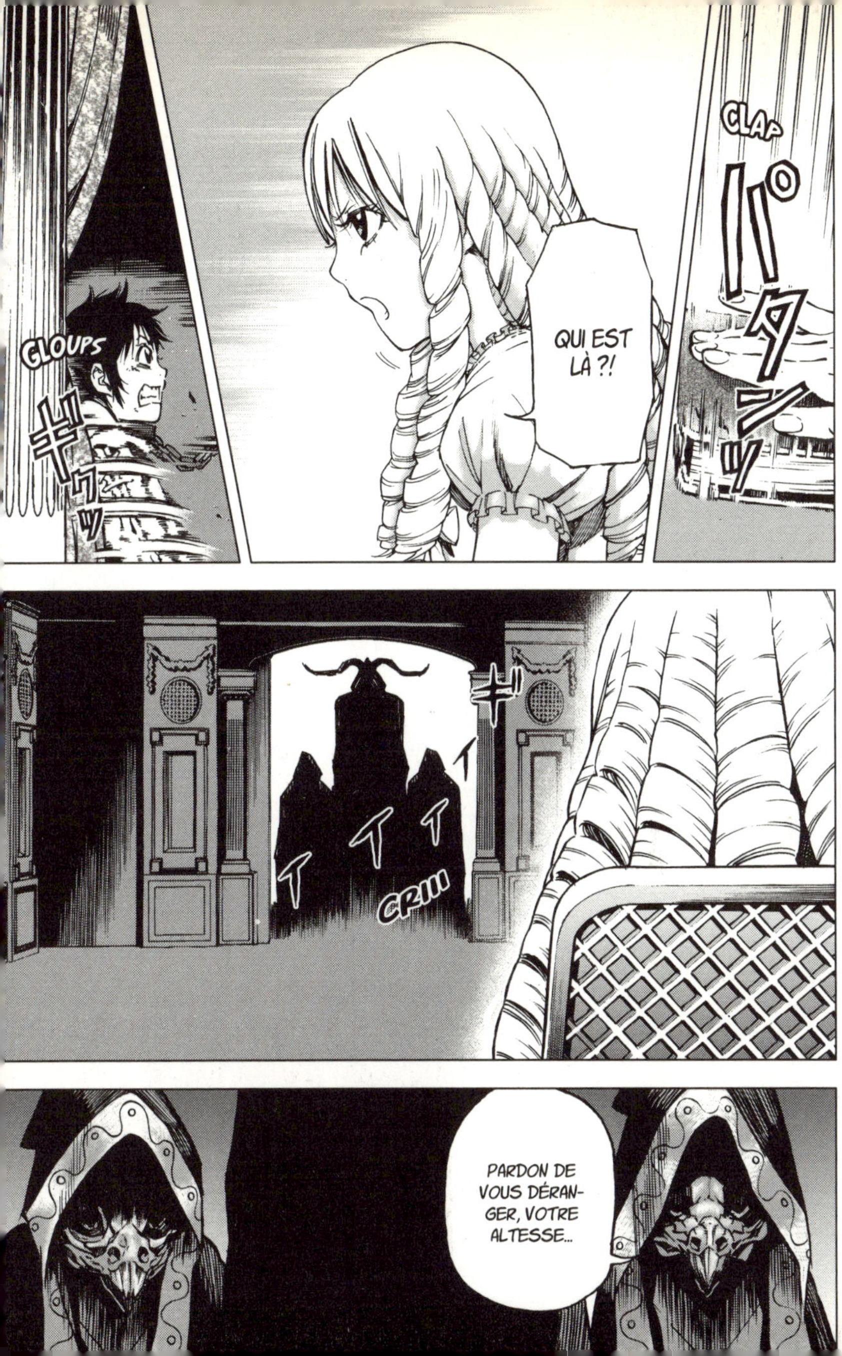
CLAP
QUI EST LÀ ?!
GLOUPS
CRIII
PARDON DE VOUS DÉRANGER, VOTRE ALTESSE...

DEMAIN, NOUS ALLONS NOUS PORTER ACQUÉREUR DE VOTRE PERSONNE...

NELIUM, NOTRE GRAND MAÎTRE FUNÉRAIRE, SOUHAITERAIT VOUS SALUER !
C'EST TRÈS IMPOLI DE SE PRÉSENTER MASQUÉ DEVANT UNE PRINCESSE, VOUS SAVEZ !
NOUS NE SOMMES PAS AUTORISÉS À DÉVOILER NOS VISAGES EN PUBLIC, VEUILLEZ NOUS EN EXCUSER...
NOUS AVONS JURÉ FIDÉLITÉ À LA MORT, NOUS SOMMES LES SERVITEURS DES ENFERS ...
LA SECTE ZORA PRÉTEND S'OCCUPER DES ENTERREMENTS, MAIS EN RÉALITÉ VOUS ÊTES UNE GUILDE DE NÉCROMANCIENS QUI PROFANEZ LES CORPS DES DÉFUNTS...
VOUS VOULEZ ME SACRIFIER AU DIEU DES ENFERS, J'IMAGINE ?

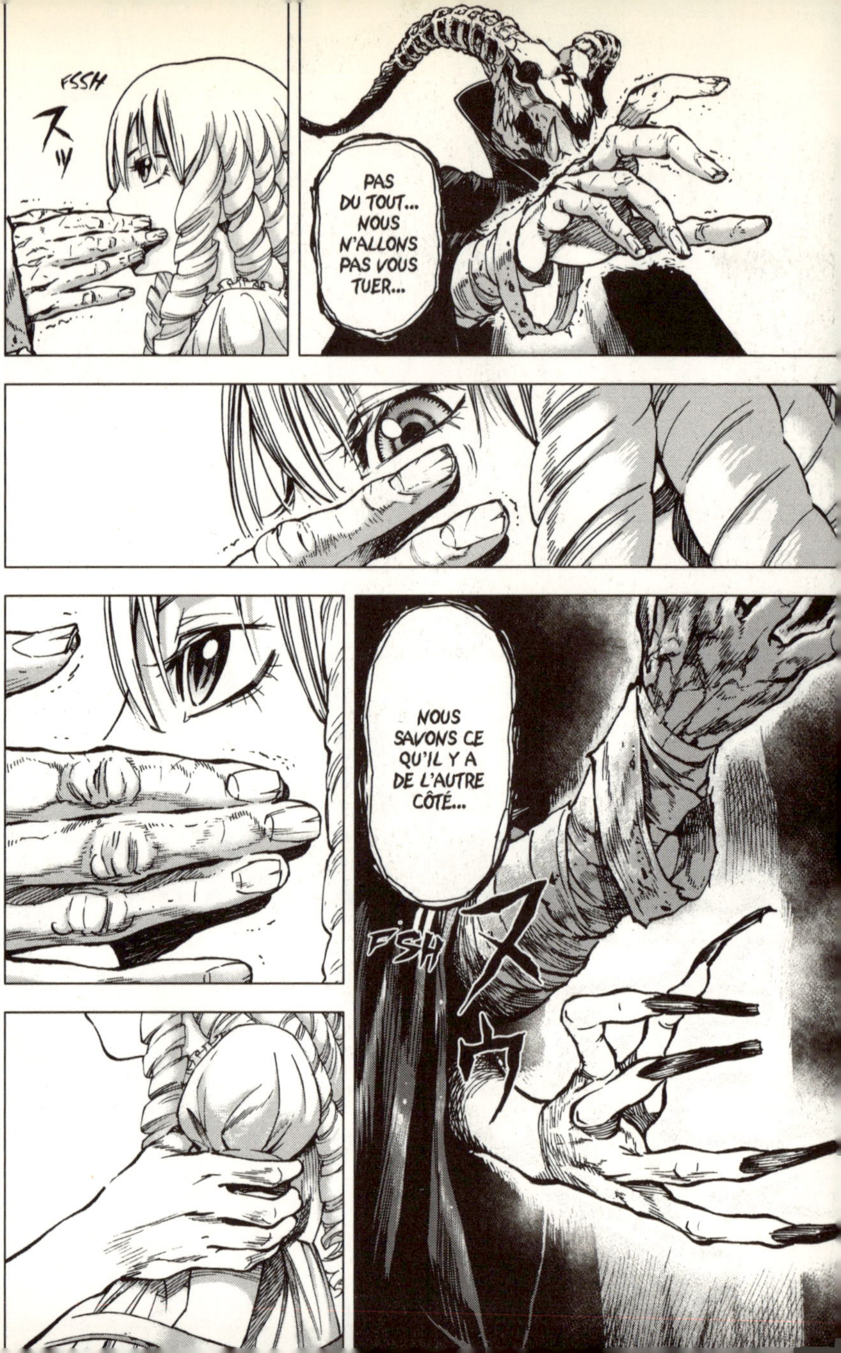
PAS DU TOUT... NOUS N'ALLONS PAS VOUS TUER...
FSSH
スッ
NOUS SAVONS CE QU'IL Y A DE L'AUTRE CÔTÉ...
FSH
スウ

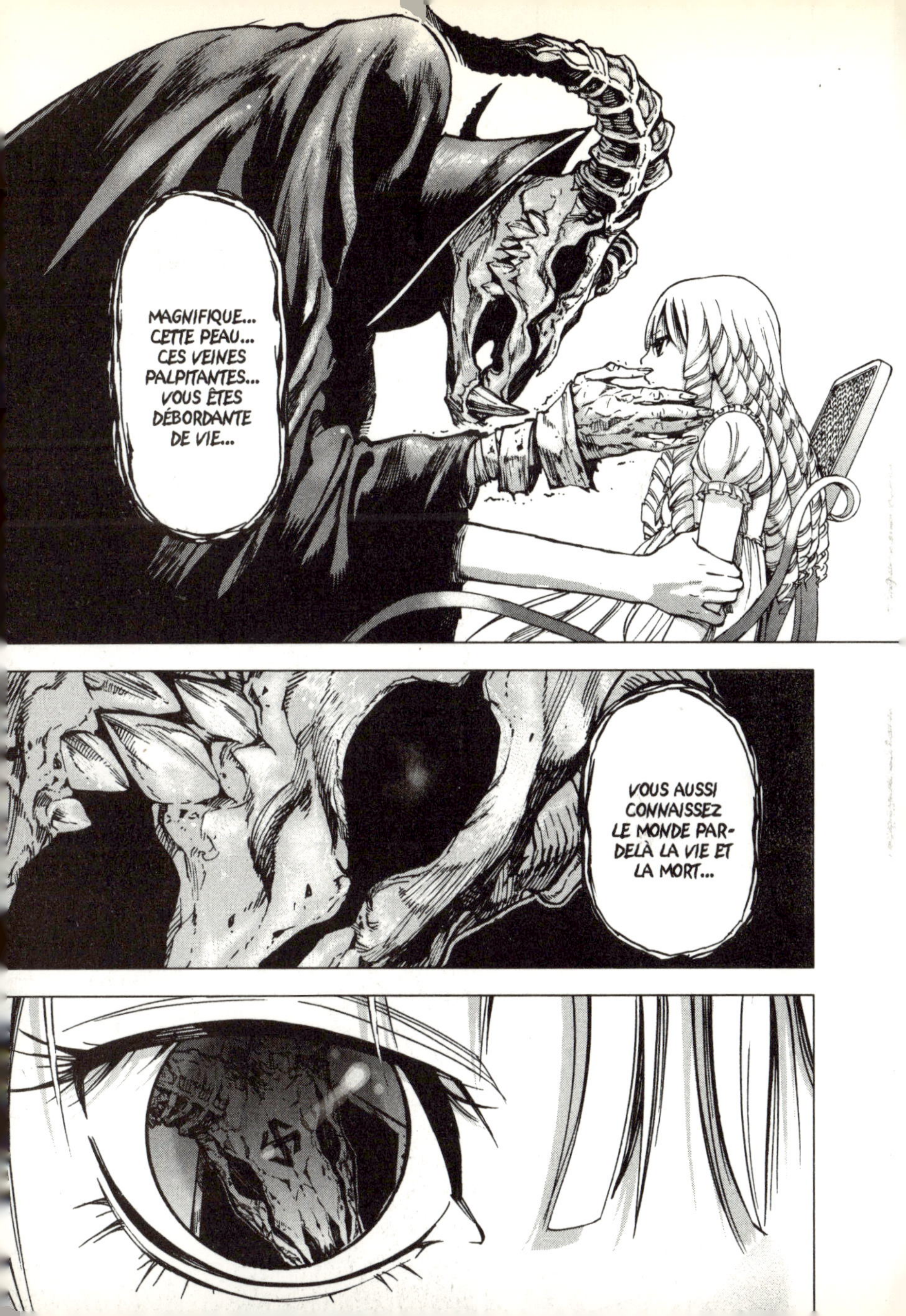
MAGNIFIQUE... CETTE PEAU... CES VEINES PALPITANTES... VOUS ÊTES DÉBORDANTE DE VIE...
VOUS AUSSI CONNAISSEZ LE MONDE PAR-DELÀ LA VIE ET LA MORT...

NOUS VIENDRONS VOUS CHERCHER DEMAIN !
COMME IL ME TARDE...
PRINCESSE AIRI...
CLAC
TAP

VSHHH
SPLASH
バシャ
SPLASH
バシャ
GH... SNIF...
CLAC
ガタンッ

IL Y A QUEL-QU'UN ?!
DSH
QUI A OSÉ ENTRER DANS LA CHAMBRE DE LA PRIN-CESSE DE CARADIA ?!
B... BON-SOIR...
LA PRINCESSE QUE J'AVAIS VUE L'APRÈS-MIDI MÊME SE TENAIT JUSTE DEVANT MOI ET ME FIXAIT D'UN ŒIL MAUVAIS...
À SUIVRE...

POSTFACE – QUELQUES MOTS VENUS DE LA LANDE

DEPUIS MA PLUS TENDRE ENFANCE, UN PAYSAGE EST NICHÉ AU FOND DE MON CŒUR : CELUI D'UNE LANDE DÉSERTIQUE, UNE TERRE ARIDE ET ROUGEÂTRE BRÛLÉE PAR UN IMMENSE SOLEIL ÉCARLATE ET PARSEMÉE DE RUINES ET DE VESTIGES D'UNE CIVILISATION DISPARUE DONT LES OMBRES S'ÉTENDENT SUR LE SOL.

MALGRÉ L'ASPECT UN PEU MORBIDE DE CETTE SCÈNE DE DÉSOLATION, J'ÉTAIS IRRÉSISTIBLEMENT ATTIRÉ PAR CETTE LANDE. JE PENSE QUE CETTE IMAGE M'A ÉTÉ INSPIRÉE PAR LE CINÉMA OCCIDENTAL, QUE J'AFFECTIONNAIS BEAUCOUP QUAND J'ÉTAIS PETIT. À CETTE ÉPOQUE, LES FICTIONS POST-APOCALYPTIQUES ÉTAIENT À LA MODE ET ELLES AVAIENT FINI PAR M'IMPOSER UNE CERTAINE VISION DU MONDE.

ON ÉTAIT EN PLEINE GUERRE FROIDE, ET LE RISQUE D'UNE GUERRE ATOMIQUE PLANAIT AU-DESSUS DE NOS TÊTES COMME UNE ÉPÉE DE DAMOCLÈS. DE PLUS, CERTAINES PROPHÉTIES ANNONÇAIENT LA FIN DU MONDE POUR L'ANNÉE 1999. C'EST FOU COMME, QUAND ON EST ENFANT, L'IDÉE DE LA FIN DU MONDE PEUT PARAÎTRE FORMIDABLEMENT EXALTANTE !

MAIS CETTE LANDE TOUJOURS ANCRÉE DANS MON ESPRIT N'ÉTAIT PAS UN PAYSAGE DE MORT. ET UN BEAU JOUR, JE SUIS PARTI EN RÊVE À LA RECHERCHE DES ÊTRES QUI PEUPLAIENT CE DÉSERT. POUR SURVIVRE LÀ-BAS, IL FALLAIT UNE SACRÉE VOLONTÉ... À QUOI RESSEMBLERAIENT CES HABITANTS ? QUELLE LANGUE PARLERAIENT-ILS ? DE QUOI VIVRAIENT-ILS ? ALORS QUE JE ME POSAIS TOUTES CES QUESTIONS, L'IMAGE D'UNE FEMME S'EST IMPOSÉE À MOI.

ELLE ÉTAIT BELLE, MAIS ENVELOPPÉE D'UNE OMBRE SINISTRE. ELLE CONDUISAIT UN ATTELAGE NOIR PLUS FUNÈBRE QU'UN CORBILLARD. ELLE VOYAGEAIT SANS CESSE À LA FRONTIÈRE ENTRE LA VIE ET LA MORT, ET ELLE POSAIT LA MÊME QUESTION À TOUS CEUX QU'ELLE CROISAIT : ELLE SEULE AVAIT LE POUVOIR D'INFLUENCER LEUR DESTINÉE.

JE L'AI APPELÉE "GARAMI". ÇA FAIT QUELQUES DIZAINES D'ANNÉES QUE J'AI INVENTÉ CE PERSONNAGE, ET J'AI TENTÉ PLUSIEURS FOIS DE DONNER VIE À CETTE BEAUTÉ DES LANDES DANS UNE ŒUVRE, SANS SUCCÈS. J'AI FINI PAR OUBLIER SON HISTOIRE, À MOITIÉ ÉCRITE SUR MON ORDINATEUR. MAINTENANT QUE J'Y REPENSE, MON SCÉNARIO N'ÉTAIT PAS ENCORE ASSEZ MÛR.

IL Y A DEUX ANS, LA RÉDACTION DU MAGAZINE *YOUNG GANGAN* M'A PRÉSENTÉ UN DESSINATEUR DU NOM DE NIGHT OWL. QUAND J'AI VU SES DESSINS, MA LANDE DÉSOLÉE M'EST IMMÉDIATEMENT REVENUE EN MÉMOIRE, TANDIS QUE LA SILHOUETTE DE GARAMI DEVENAIT PLUS NETTE QU'ELLE NE L'AVAIT JAMAIS ÉTÉ. LE TEMPS ÉTAIT VENU : LA JEUNE FEMME ALLAIT ENFIN POUVOIR PRENDRE VIE ET PARCOURIR CETTE VASTE ÉTENDUE DÉSERTIQUE QUI ÉTAIT SON UNIVERS. J'ESPÈRE QUE VOUS PRENDREZ PLAISIR À ACCOMPAGNER GARAMI ET SONA DANS LEUR LONG PÉRIPLE...

20 OCTOBRE 2010, SUR LE COMPTOIR DU BAR *LE NID DE L'OIE SAUVAGE*

KYOICHI NANATSUKI

HTTP://NANATSUKI.BLOG.SO-NET.NE.JP
HTTPS://TWITTER.COM/JULY_MIRROR

Mise en couleur de l'illustration de couverture :
Hwang Yu Cheol

Superviseur militaire :
Lee Hyun Seok (Warmania)

Design du logo :
Mizuno Design Room

Photo de couverture :
Shin

Design de couverture :
Tetsuya Ebihara

THE ARMS PEDDLER

7 IMPOSTEURS, 7 CIBLES
POUR UNE VENGEANCE IMPLACABLE...
ユーベルブラット
Übel Blatt
© ETOROUJI SHIONO / SQUARE ENIX
Editions
ki-oon
www.ki-oon.com

LE BERCEAU DES ESPRITS
Une classe piégée au milieu des zombies…
…dans un bateau retourné en pleine mer !
OCEAN CRADLE
BERCEAU DES ESPRITS 1
BERCEAU DES ESPRITS 2
Kei SANBE
PAR L'AUTEUR DE L'ÎLE DE HÔZUKI
Editions Ki-oon
www.ki-oon.com
© Kei Sanbe / SQUARE ENIX CO., LTD.

JUDGE
ジャッジ
ET TOI, QUEL EST TON PÉCHÉ ?
Par
l'auteur de
Doubt
JUDGE 1
Yoshiki TONOGAI
© Yoshiki Tonogai / SQUARE ENIX CO., LTD.
Editions
Ki-oon
www.ki-oon.com

PandoraHearts
Parfois, le simple fait d'exister
peut être le plus terrible des crimes
© Jun Mochizuki / SQUARE ENIX CO., LTD.
1
PandoraHearts
2
PandoraHearts
Editions
Ki-oon
www.ki-oon.com

THE ARMS PEDDLER vol. 1

First published in Japan in 2010 by SQUARE ENIX CO., LTD.
French translation rights arranged with SQUARE ENIX CO., LTD.
and Ki-oon Limited through Tuttle-Mori Agency, Inc.

Édition française

Traduction :
Fédoua Lamodière

Adaptation graphique :
Clair Obscur

ISBN : 978-2-35592-353-1
Dépôt légal : février 2012
Achevé d'imprimer en France par CPI Aubin Imprimeur